사오정 아빠의 국토 종단기

해남 땅끝에서 고성 통일전망대까지

사오정 아빠의 국토 종단기

초판 1쇄 인쇄   2008년 6월 10일
초판 1쇄 발행   2008년 6월 15일

지 은 이   정희선
펴 낸 이   손형국
펴 낸 곳   (주)에세이
출판등록   2004. 12. 1(제395-2004-00099호)

주   소   412-791 경기도 고양시 덕양구 화전동 200-1 한국항공대학교
           중소벤처육성지원센터 409호
홈페이지   www.essay.co.kr
전화번호   (02)3159-9638~40
팩   스   (02)3159-9637

ISBN 978-89-6023-175-7 03810

사오정·아빠의 국토 종단기

해남 땅끝에서 고성 통일전망대까지

정희선 지음

근원을 찾아 거슬러 올라오는 연어처럼

황안나 (도보여행가, 〈내 나이가 어때서?〉의 저자)

　얼마 전에 낯선 분으로부터 메일과 함께 첨부된 국토 종단 원고를 받았다. 바쁜 와중에도 어떻게 그 먼 길을 걸을 생각을 했을까 하는 궁금증이 일어 읽기 시작하다 보니 시간 가는 줄 모르고 단숨에 읽게 되었다.

　적지 않은 분량의 원고였지만 끝까지 읽을 수 있었던 것은 마치 내가 걷는 것 같은 생동감과, 길을 걸으면서 느낀 단상들을 진솔하게 엮어 나간 삶의 이야기가 가슴에 와 닿았기 때문이다.

먼 길을 혼자 걷는다는 건 외로움과 고통을 수반한다. 부르튼 발바닥의 아픔보다 더 힘든 것은 해질 녘, 낯선 길 위에서 고단한 몸을 뉘일 곳을 찾는 시간이란 것을 안다. 너무 외로워서 눈물 글썽이며 두고 온 가족을 그리워하는 대목에선 저절로 고개가 끄덕여졌고 사랑하는 아내와의 에피소드에선 나도 모르게 미소가 지어졌다.

그러나 무엇보다도 나를 감동시켰던 것은 20년간 몸담아왔던 직장에서 하루 아침에 아무런 잘못도 없이 한 통의 전화로 퇴사 연락을 받고도 태연하고 의연하게 대처한 꿋꿋함이다.

그리고 한 걸음 더 나아가 보통 사람이라면 냉혹한 현실을 원망하고 낙심과 좌절에 빠져서 헤어 나오지 못했을 텐데 그 어려운 시기를 국토종단하면서 재도약의 발판으로 삼았다는 건 정말 대단한 의지력이다.

그런 그에겐 아름답고 현명한 아내가 있었다. 실직한 남편을 위로해주고 격려해 주는 모습은 또 얼마나 아름다운가! "아빠! 힘내세요!" 아빠를 사랑으로 감싸 주는 귀여운 두 딸의 모습에서도 탄탄히 사랑으로 다져진 행복한 가정의 모습을 볼 수 있었다. 그건 아마도 그의 성실한 삶의 자세에서 얻어진 것들이라 여겨진다.

음악을 잘 모르는 그가 드럼을 연습해서 음악회에서 당당히 연주를 한 거나, 무너지려는 자신을 스스로가 "난 할 수 있어!"라고 격려해가며 그 힘든 국토종단을 해낸 거나, 마음먹은 건 꼭 해내고야 마는 그가 너무 믿음직스럽다. 국토 종단을 마치던 날 그는 스스로에게 다짐한다. 좋은 아빠, 좋은 남편이 되겠다는 그는 그 약속을 지킬 것이라 믿는다.

길에서 만난 반가운 인연과 풍경과 사물들이 체화 되어 그의 것이 된다면, 그걸 '도'라 부른들 어떨까? 그래서 그가 걸은 길은 구도의 길도 된다. 잡다한 삶의 애증, 연민, 두려움과 고통을 자근자근 딛고 가는 구도의 길이다.

자신이 선택한 목표를 이루어 낼 그에게서 나는 어떤 교훈을 얻어야 할까?

가도 가도 막막한 길 위에서 발아시킨 그의 생각, 그의 나무 열매를 보고 싶다. 따지고 보면 사는 것은 길을 가는 것에 다름 아니기에.

원고의 마지막을 읽고 나니 내 머리에 떠오르는 영상이 있었다. 그것은 근원을 찾아 강을 거슬러 힘차게 올라가는 연어의 모습이었다. 꿈은 꾸는 자의 몫이라면 성취감으로 뿌듯해진 그의 꿈은 반드시 이뤄질 것이다. 새삼 그의 등을 두드려 주고 싶다.

"아우야, 대단하다!" 이 말을 지면으로 용기 내서 전한다.
자랑스럽고 대견한 그의 이름은 정. 희. 선이다.

2008년 6월 6일 자정에, 빗소리를 들으며

황안나

책을 내면서

　잘 할 수 있을까? 정말 끝까지 완주할 수 있을까? 하는 생각에
참으로 많이 망설였다.

　20여 년 동안 한 직장에서만 일했고, 다람쥐 쳇바퀴같이 도는
일상만 살다가, 명예퇴직으로 인하여 드디어 자유를 찾은 나에
게, 이런 기회가 내 인생에서 두 번 다시 찾아올 수 없을 것 같
아 용기를 내어 도전을 했고, 마침내 국토 종단을 해 낸 것이다.

　남북통일이나, 세계평화를 기원하는 거창한 구호로 시작한 것
은 아니지만, 조국산하를 한 발 한 발 내딛으면서 자유를 느끼
고, 나를 돌아보고, 앞으로의 나를 고민해 보고, 돌아와서는 미

흡하고 부족하지만 내가 걸어 온 길을 책으로 한번 만들어 보고 싶었다.

막상 그렇게 생각을 하고 그동안 걸으면서 하루하루 메모해 놓은 여행 일지를 정리하기 시작했지만, 나의 작문 실력과 나의 한글 맞춤법 수준이 왜 이리 형편이 없는지 다시 한 번 깨닫고 많이 부끄러웠다. 차라리 하루하루 며칠을 더 걷는 편이 쉬워보였다,

이번 국토 종단을 하면서 참으로 많이 걸어 보았다. 2,000리 길을 걸으면서 사람도 많이 만났고, 도움을 주셨던 많은 분들의 마음의 온기가 아직도 느껴지는 듯하다.

아침이나 점심을 챙겨 주셨던 성전면 주유소의 할아버지 사장님, 무주군 의료원 식당의 아주머니들, 담양의 농원 사장님, 주천면 판운리 마을회관의 할머님, 거즈와 반창고를 아낌없이 주셨던 보건진료소 직원들, 오미자 진액을 챙겨 주시던 문경시내의 중국집 사장님, 김치찌개도 많이 먹으라고 2인분 이상, 공기밥도 두 그릇이나 챙겨 주시던 평창 신리 삼거리 식당의 사장님 등 성함도 모르는 너무 많은 분들의 마음을, 배려를 받았다.

남자들이라 평소에 잔정 있게 말해주지 못하지만 어디쯤 가고 있는지, 별일은 없는지 매일 모니터링해 준 친구 김진호 군, 상주 가는 길목으로 찾아와 격려해 준 김경배군 과 와이프 보실

씨, 종단 중간에 전화 한 통, 문자 한 줄로 격려해 주었던 많은 친구들의 우정도 새삼 감사하게 느꼈다

그리고 중간에 격려 방문해 주고 돌아가면서 전화해 주고, 메일로 힘을 실어 주었던 직장 동료인 홍영화 차장, 이형석 차장, 박혁수 과장, 김태섭 차장, 안동규 차장, 윤용주 과장, 또한 멀리 해외공장에서 바쁘게 일하면서도 중간 중간에 안부를 물어보고 건강을 염려해 주었던 김방웅 차장, 김평용 차장, 김광훈 차장, 김철웅 차장 등 한 사람, 한 사람의 마음이 너무나도 고맙고 감사하다.

마지막 날 나를 데리러 부천에서 통일 전망대까지 왔다 가느라고 하루 종일 운전 하면서 고생 했던 여동생 내외와 막내 여동생, 종단 끝나면 거하게 파티 한번 하자고 안부 물어 보고, 응원해 준 논산에 있는 큰 처제 신랑인 양서방과 처제들도 고맙다.

그리고 이런 미흡한 내용으로 책을 내겠다고 했을 때 정성스럽게 교정해 주고 조언을 아끼지 않은 (주)에세이 출판사 식구들에게도 진심으로 감사함을 전한다.

이번 국토 종단의 하루하루 이야기들이, 대한민국 사오정, 오륙도 아빠들에게 조금이나마 열정과 용기를 내게 해 주는 것이 나의 작은 바람이다.

마지막으로 여행기간 동안 내내 열심히 응원해 주고 깊은 이해와 사랑으로 격려를 해 준 아내 옥이와 큰딸 윤정이, 막내딸 현정이에게 이 책을 바친다.

2008년 5월
수원에서 정희선

차례

정희선의 국토종단 여행일지, Start!

1. 광주를 거쳐 땅 끝으로

3/31(월) 서울~해남 땅끝 마을

강남 버스 터미널에서 9시 55분 광주행 고속버스에 몸을 실었다. 잘 해 낼 수 있을까? 무사히 완주할 수 있을까? 하는 생각에 걱정이다. 막상 혼자 떠나려고 하니 오만 가지 생각이 든다.

아빠, 건강하게 아프지 말고 끝까지 잘하고 오라고, 막내 현정이가 학교에 가기 전에 포옹해 주면서 해 준 말이 귓가에 맴돈다.

잘 출발하고 있는지 처제들, 여동생들, 대학 친구 진호, 그리고 직장 동료 등 여러 사람이 전화 주고, 문자를 보내준다. 참 고마운 사람들이다.

아빠 잘 다녀오라고, 아빠 20년 동안 만도에 근무하시느라 고생 많앉다고, 식구들이 정성스럽게 준비해 준 퇴임식 장면이 자꾸 눈앞에 스치면서 가슴을 울먹이게 한다.

오후 1시 40분경 광주에 도착하여 점심을 먹고, 2시 45분 직통버스를 타고 땅끝으로 향했다. 5시 10분경 땅끝에 도착하여 땅끝 탑에 올라가 국토종단을 알리는 작은 플래카드를 두르고 사진을 찍으려 했으나, 바람은 많이 불고 평일이라 그런지 관광객이 없어 찍어 줄 사람도 없다. 할 수 없이 땅끝 탑만 찍고 내려와 모노레일을 타고 땅끝 전망대에 다시 올라갔다. 학생들에게 사진을 부탁하여 국토종단을 알리는 사진을 찍었는데, 학생들이 자기들 홈페이지에 올린다고 영광이라고 하여, 같이 한 번 더 찍었다.

마을로 내려와 숙소를 잡고 내일부터 강행군할 생각에 가지고 온 짐을 다시 한 번 점검했다. 끝까지 잘 해 내자고, 희선이 넌 할 수 있다고 마음을 다지고 또 다진다.

¤ 소요 비용: 80,500원

Tip 광주에서 땅끝 가는 정보

¤ 타는 곳: 광천버스 터미널 27, 29 Gate
¤ 차 배차 시간: 첫차 4:40, 막차 16:45, 1시간 간격
¤ 소요 시간: 2시간 30분(직통)~3시간 20분 정도

2. 이제는 출발이다

4/1(화) 해남 땅끝 마을~해남 남창

나의 반쪽인 당신께,

세상사는 일이 마음은 있어도 행동으로 그것을 옮기는 일은 쉽지 않은 법인데, 과감하게 용기를 내어서, 도보로 국토종단을 하려고 길을 나선 당신에게 큰 박수를 보내주고 싶어.

혼자여서 많이 외롭고 힘들 텐데, 곁에서 같이 해 주지 못하는 내 마음은 안타깝기 만 하네. 멀리서나마 당신에게 내가 해 줄 수 있는 일은, 건강한 몸과 마음으로 목표한 바를 이룰 수 있도록, 당신을 위해서 열심히 기도해 주는 일 밖에는 없는 것 같아.

예전에는 당신이 회사에 출근하고 때가 되어서 승진하는 이 모든 것들이 당연하다고 생각했었는데……. 회사의 주인이 바뀌면서 어쩔 수 없는 조직의 논리라는 것 때문에 명예퇴직을 하고 나니, 나와 아이들에게 당신이 얼마나 대단하고 소중한 사람인지 어디에서건 잊지 않았으면 좋겠어.

당신 곁엔 항상 나와 우리 아이들(윤정, 현정)이 함께 하고 있다는 것을 잊지 말고, 밝고 긍정적인 생각과 마음으로 주어진 많은 시간과 날들을 꿈과 희망으로 가득 채워 나가길…….

나와 윤정이, 현정이가 당신을 존경하고 사랑한다는 것을 …….

앞으로의 긴 여정도 힘내고, 파이팅!

– 당신의 옥이가

드디어 걸어서 국토 종단을 한다는 설렘으로 아침에 예상보다 일찍 일어나 이것저것 이상이 없는지 다시 한 번 확인을 하고 준비를 한 다음 7시 10분쯤 신발 끈을 동여매고 길을 나섰다.

이번 국토 종단 도보 여행을 하면서 나름대로 기준을 세웠다. 아침 7시 정도에 출발하여 오후 3~4시까지 걸어 하루에 20km이상 걸으며, 식사는 거르지 않고 꼭 제 때에 한다. 그리고 가능하면 주변 사람들에게 민폐를 끼치지 않도록 하겠다고…….

땅끝 전망대에 올라가서 국토 순례의 시발점인 땅끝에서, 나는 해 낼 수 있다고 마음 다지고 출발한다. 땅끝을 감아 도는 해안 도로에는 비릿한 바닷냄새와 이름 모를 새들의 지저귐이 나의 길동무가 되어 준다.

오전 9시경, 세계적인 패류와 산호류, 어류, 포유류, 갑각류, 화석류, 파충류에서 육지 곤충에 이르기까지 25,000여 점을 한 곳에 전시해, 명실 공히 남도 최고의 종류를 갖추고 개인이 운영하는 육지 최남단 땅끝 해양자연사 박물관에 도착하여 화장실을 좀 사용하려 했는데, 화장

전망대에 올라가서 본 우리나라 땅끝

실이 박물관 안에 있어 입장권을 끊어서 사용하란다. 인건비 운운하는 얘기를 들으니. 내가 무리한 것을 요구했나 하는 생각에 기분이 씁쓸하다.

도보여행은 몇 년 전 한번 해보고 싶다는 생각이 들어, 주말을 이용하여 한 달에 2~ 3번 정도씩 꾸준히 해 왔다. 적게는 3시간에서, 많게는 7시간 정도까지 걸었다. 이것이 계기가 되어 언젠가 국토 종단을 꼭 한번 해 보리라 결심을 하고 꿈을 꾸게 되었다.

사실 이번에 어쩔 수 없이 명예퇴직하게 되면서, 속으로는 내심 드디어 종단을 할 수 있는 기회가 왔구나 하는 생각에 마음이 설레고 기다려지기까지 했다. 일자리를 새로 구해야 된다는 생각보다도 내가 그렇게 해 보고 싶었던 것을 할 수 있다는 생각에…….

낭패다. 아침 먹을 곳이 없다. 3시간째 걷고 있는데, 해안 도로이다 보니 변변한 식당 한 곳이 없다. 있어도 계절이 그래서 그런지 장사를 하는 곳이 없다. 영전에 도착, 영전백화점이라는 슈퍼에서 컵라면, 우유, 빵으로 아침 겸 점심을 먹고 남창을 향해 걸었다.

영전부터는 병풍처럼 펼쳐져 있는 달마산(해발 481m)이 마치 한 폭의 산수화 그 자체이다. 바닷가 풍경이 펼쳐지는 해안도로에서 산수화로 옮겨지는 오늘 걷는 코스는, 첫날부터 아! 걷는 맛이 이런 것이구나 하는 것을 느낄 수 있는 아름다운 길이다.

서홍리를 지나는데 공주에서 땅끝까지 간다는 한 학생을 만났다. 13일째란다. 나는 이제 시작인데…….

종단 첫날 첫 번째 목적지인 남창 사거리에 도착하여 우체국을 찾아, 작은 것이지만 배낭의 무게를 줄일 수 있는 것이라고 생각한 면도기, 충전기, 등산 조끼 등을 택배로 집으로 보냈다.

남창 사거리 기사식당에서 점심을 먹고 강진 방향으로 55번 도로를 따라 조금 걷다 모텔을 발견하고 짐을 풀었다. 첫날인데도 발에 물집

이 생기고 발바닥이 난리가 아니다. 내일은 오늘보다 더 많이 걸어야
하는 데 걱정이다.

¤ 걸은 곳: 해남 땅끝(77번 도로)…▸ 사구미…▸ 영전리…▸ 신평리…▸ 남창리
¤ 걸은 거리: 약 25Km(만보계 기준)
¤ 소요 시간: 7시간 30분(식사, 휴식 시간 포함)   ¤ 비용: 45,500원

Tip
해남 땅끝에서 남창까지는 식사할 만한 곳
이 없다. 있어도 계절이 그래서 그런지 문을 연 곳이 없
다. 아침을 잘 챙기는 것이 필요 하다. 첫날부터 허기져
걷는 일은 없어야겠다.
남창에는 여관, PC방, 목욕탕 등이 없다. 여관은 남창사
거리에서 강진쪽으로 20분 정도 지나면 남창관광모텔
(061-35-2441)이 있다. 여관에서 운영하는 기사 식당은
백반은 6,000원, 맛은 Good이다.

3. 내가 왜 잘렸지?

오늘은 발걸음이 길다. 강진까지 가려면 10시간 이상, 32km정도 걸어야 한다. 5시쯤 일어나 준비를 하고 6시 30분에 출발했다. 날씨는 구름이 해를 가려 흐렸다. 조금 가다 보니 이름도 모르는 고개(쇄노재 인가?)가 숨을 헐떡이게 한다.

만도에 근무한 지도 20년 4개월이 지났다. 1987년 12월 1일에 만도기계에 입사하여 생산관리, 품질혁신, ERP 시스템 등 정보화 등의 업무를 추진했고, 2002년에는 익산공장에서 본사로 자리를 옮겨 정보화, 경영혁신 팀장으로 일을 해 왔다. IMF 이후 외국계 자본에 인수된 이후에도 회사의 성장은 계속되었지만 원래 주인인 한라가 만도를 다시 찾는 과정에서, 한라와 만도의 경영진 간에는 직원들이 모르는 많은 일이 있었나 보다.

어찌 되었던 일반 직원들은 한라가 경영권을 다시 찾기를 고대했고 그것이 실현되어 다들 내일처럼 좋아했다. 앞으로 회사가 더 잘 되지 않겠냐고 생각하고 입을 모았는데, 구 경영진의 퇴진과 함께 경영혁신팀, 정보화팀, 법무팀, 재무팀 등의 업무를 추진하는 주요부서의 팀장 및 직원들 10명이 전화 한 통으로 퇴사 통보를 받았다. 참으로 기가 막힌 일이었다. 통보를 받고부터 퇴사할 때까지 일지를 적었는데, 그 중에 며칠간의 일지를 적어본다.

3/11(화)

드디어 통보를 받았다. 오전 10시가 좀 넘어선 시간인가 보다. 한라그룹 이전무가 핸드폰으로 통보를 했다. 당신은 퇴직을 해야 하므로 오전까지 사직서를 제출하지 않으면 대기 명령을 내린단다. 청춘을 받쳐 20년 넘게 일한 대가로 퇴직 통보를 받았다. 오후에는 정식으로 인사명령이 나왔다. 나를 포함하여 대상이 10명이란다. 우리 팀은 3명이나 된다. 방 차장, 박 과장 이렇게……

일찍 사무실을 나와 김 차장, 윤 과장과 한잔하러 갔다. 나중에 오 차장, 안 대리, 이 대리까지 합석하여 달래주고 위로해 준다. 술을 많이 먹었다. 맥주를 한잔 더하고 집으로 돌아와 옥이를 불러내어 내용을 얘기해 주었다. 그리고 엉엉 울었다. 왜 그런지 몰라도 엉엉 울었다. 그날은 그렇게 마무리했다.

3/12(수)

변함없이 이른 시간인 6시 30분경에 출근을 했다. 아침부터 짐 정리를 했다. 슬퍼할 시간도 없다. 다음 단계를 고민해 본다. 대안이 아직 없다. 그래도 의연하게 대처해 보고자 마음을 다스린다. 정 회장님의 취임식을 한다고 다들 부산하다. 허망하지만 마음을 또 다잡는다.

퇴근 후에 옥이랑 감자탕으로 저녁 겸 소주를 한잔했다. 희망을 이야기했다. 옥이가 기운을 북돋운다.

3/13(목)

오늘부터 한 사람씩 면담을 하나보다. 나를 맨 먼저 부른다. 이렇게 해고를 하게 된 것은 정부장이 일을 못해서가 아니라 이런 일이 생기면 조직의 생리상 과거 청산이 필요하고 누군가 물벼락을 맞아야 하는데 거기에 있었던 것이 죄라면 죄란다. 이것이 정녕 나의 해고 사유란 말인가.

전화로 해고 통보를 한 것은 절차상에 문제가 있었다고 인정하고 M&A Closing 때문에 어쩔 수 없었다고 이해를 구한다. 사람을 다 죽여 놓고 미안하다고 한다. 참 어이가 없고, 분통이 터지고 화가 났다.

이렇게 사람을 황당하고 마음 아프게 한 것에 대하여 충분한 보상이 필요하다고 말하고 자리에서 나왔다.

3/14(금)

어제 먹은 술이 오전에 나를 괴롭힌다. 오전에 고등학교 친구 이동성군이 전화를 했다. 신문에서 만도 소식을 보았는데 해고를 종용당한 부서 중 경영혁신팀이 있어 내가 그 팀의 팀장이란 것이 기억에 나 전화를 했단다. 그래 그게 바로 나고, 그래서 해고를 당했다고, 너무 걱정하지 말라고, 다음에 연락하자고 하고 끊었다.

점심때에는 대학교 친구 김진호군을 만났다. 신문에 난 기사를 보여 주었다. 일일이 설명해 주기가 귀찮아서, 그게 속이 편했다.

3/15(토)

몸이 피곤한가 보다 아침 늦게까지 잤다. 오후에는 이것저것 뒤져 자산 정리를 해

보았다. 정말 모아 둔 것이 얼마 안 된다. 걱정이 된다. 그래도 희망과 긍정적인 생각만이 답인 것 같다. 명퇴퇴직 보상 조건 등이 마무리 되면 바로 출발할 땅끝에서 고성까지 국토 대장정 자료로 한비야 씨의 〈바람의 딸 우리 땅에 서다〉와 황안나 선생님의 〈내 나이가 어때서?〉를 살펴보았다. 그렇게 해고통보를 받은 첫 주말 밤이 지나갔다.

신월쯤 지나다 보니 발바닥이 너무 아파 걸을 수가 없었다. 물집을 짜고 밴드를 붙이고 양말을 하나 더 신고 다시 걸었다. 석문삼거리를 지나고 강진까지는 아직 12km정도 더 남은 것 같은데, 걷기가 보통 고통스러운 것이 아니다. 한 걸음 한 걸음이 천근만근 같다.

계라 삼거리에서 18번 국도로 올라갔다. 정말 주저앉고 싶다. 거의 기다시피 하여 강진읍에 도착, 숙소를 찾는데 춘계 한국여자축구연맹전이 열린다고 빈 방이 없다. 어찌 어찌하여 한 개를 구했는데 그것도 3층이다. 겨우 올라가서 발바닥의 물집을 짜고, 샤워를 하고 저녁도 먹고 PC방도 들를 겸 숙소에서 나왔다.

PC방에서 그 동안 찍은 자신을 USB로 옮기고 현정이 메일도 확인하고 사진도 몇 장 보냈다.

발바닥 사정이 좀 나아져야 하는데, 걱정이다.

이렇게 도보여행 2일 째가 저문다.

¤ 걸은 곳: 남창(55번 도로)⋯▶ 신월⋯▶ 석문삼거리(죄회전)⋯▶ 계라 삼거리(18번 도로)⋯▶ 강진 호산 삼거리⋯▶ 강진읍

¤ 걸은 거리: 약 32Km   ¤ 소요 시간: 10시간   ¤ 비용: 39,900원

4. 슬프고도 행복한 퇴임식

4/3(목) 강진읍~월출산 경포대

　사실 어젯밤에 자면서 발바닥 상태가 걱정이 되었다. 걸을 수는 있을까 하는 생각에. 막상 아침에 보니 발바닥 상태가 양호하여 신발 끈을 동여매고 출발했다.

　강진읍에서 성전까지는 2번 구 도로를 이용하는 데, 차량이 많은 신 도로 보다 구 도로를 이용하니 차량 통행도 거의 없고 한적하고 조용하여 걷기가 딱 좋다.

　성전을 3km 정도 남긴 지점에서 남산주유소(GS칼텍스)에 들러, 근처에 아침 먹을 식당이 있냐고 때마침 식사를 하시는 어르신 내외께 여쭤보았다.

성전을 3km 정도 남긴 지점에서 남산주유소(GS칼텍스)에 들러 근처에 아침 먹을 식당이 있냐고 때마침 식사를 하시는 어르신 내외께 여쭤보니 한 공기 가득 밥과 미역국, 갓김치, 파김치 등으로 한 상 차려주신다. 이런 고마울 때가 ······.

성전까지 가야 된다고 말씀하시어 고맙다고 인사를 하고 나오는데, 찬은 없지만 한 끼 하고 가라고 말씀 하시며 밥과 미역국, 갓김치, 파김치 등으로 한 상 차려 주신다. 이런 고마울 때가, 아직도 이런 분이 계시다니. 여차여차하여 종단을 하고 있다고 말씀을 드린 뒤 정말 정성이 담긴 아침을 잘 먹었다. 그리고 커피까지 챙겨 주시는 센스. 나중에 종단을 하고 집사람하고 지나가는 길이 있으면 꼭 한번 들르겠다고 인사를 드리고 길을 나선다. 음식 값을 말씀 드리니 손사래를 치신다.

국토 종단을 위한 출발에 앞서 아이들에게도 아빠의 명예퇴직을 공식적으로 알리기로 했다. 물론 그 동안의 분위기로 대충 알고 있었지만 미래가 없는 것처럼 슬프게, 걱정스럽게 아이들에게 알리고 싶지 않았다. 그래서 옥이에게 작은 케이크, 과일, 주스 등을 준비하게 했다. 옥이는 A4용지에 '장기근속 퇴임 축하'라는 글도 준비해서 거실 벽에 붙인다.

아빠의 20년 근무 후의 명예로운 퇴사를 축하하는 노래를 불러주고, 내가 촛불을 끄고, 돌아가면서 아빠의 건강한 미래를 걱정해주고 이번 국토 종단도 잘 하시라고, 생각보다 부쩍 큰 아이들의 한마디 한마디가 눈가에 눈물이 맺히게 한다. 특히, 큰딸 윤정이는 편지까지 준비하여 읽어준다. 자신 있고 당당한 아빠의 모습을 보여주고, 아이들도 많이 걱정하지 않게 하고, 우리 가족 간의 단합과 화합을 위해서 작은 이벤트지만 잘 한 것 같다.

아마 대한민국의 많은 아빠들이 40~50대가 되면 어쩔 수 없이 명예퇴직 등의 사유로 오랫동안 근무했던 정든 회사를 떠나게 되는 것이 현실이다. 이때 마냥 기가 죽고 슬퍼할 것이 아니라 그 동안 가족을 위하여 고생했던 가장의 노고를 격려 받고, 가족 간의 단합과 서로에게 격려를 해 주는 이벤트를 작게나마 준비를 하는 것이 참 좋은 일 같다.

10시쯤 성전면에 도착하여 내일 영암을 지나려면 무리하지 말아야겠다는 생각에 PC방과 여관을 찾으니, PC방은 영업을 안 하고 마땅한 여관도 없다. 하는 수 없이 월출산 경포대를 오늘의 종점으로 하기로 하고 면사무소 휴게실에 들러 발바닥 물집정리를 했다. 그 후 13번 도로를 따라 무위사 입구까지 갔는데 목로상점 슈퍼 아주머니가 경포대까지 가는 13번 도로 옆 농로를 알려 주신다. 종단하는 사람이 많아 내용을 다 꾀 차신다. 땅끝에서 여기쯤 오면 3일차 정도란다. 그래 맞다, 나도 3일 차인데⋯⋯.

경포대 입구를 지나 월출산 쪽으로 들어가 식당, 민박을 겸한 여관방을 구하는데, 방은 비싸고(3만원) 여인숙 수준이다. 그래도 욕조가 있어 다행이다. 맘에 안 들면 다른데 알아보라고 해서 하는 수 없이 3일차 숙소로 정해 값을 치르고 하루를 정리한다.

저녁은 있는 반찬에 김치찌개를 해서 그냥 주신다. 비싼 방값에 대한 불만이 조금은 누그러진다. 밥도 두 공기나 먹었다. 이러면 손해는 아니겠지.

¤ 걸은 곳: 강진읍(2번 구도로⋯
성전(13번 도로)⋯월출산 경포대
¤ 걸은 거리: 약 18Km
¤ 소요 시간: 6시간 30분
¤ 비용: 32,500원

Tip 걷기 좋은 길

강진읍에서 성전까지는 신도로와 나란히 가는, 2번 구 도로를 이용하면 차량 통행이 적고 한적하여 걷기 딱 좋다.

5. 정말 이건 고행이다

4/4(금) 월출산 경포대~영암 신북면

    일요일까지 광주 입성을 위해, 오늘은 영암을 지나 신북면 정도까지 20km정도 생각하고 오전 6시에 숙소를 나섰다. 간밤에 옆방에서 밤 늦게까지 술판이 있어 잠을 좀 설친 것 같다.

    이른 아침이라 그런지 기온이 제법 차고 도로에 차까지 쌩쌩 달리니, 손이 시리고 많이 춥다. 준비한 장갑과 마스크를 착용하고 나니 좀 나아진 것 같다. 발바닥 물집이 너무 심하게 잡혀, 걷는 것이 너무 불편하다. 이렇다 보니 속도가 나질 않는다. 그래도 기본으로 시간당 4km는 가야 하는 데, 계산해 보니 3km정도 밖에 되질 않는다. 발걸음 한 걸음 한 걸음이 너무 무겁다. 영암읍을 지나 덕진 보건지소에 들러 사정을 얘기하고 거즈와 반창고를 얻고자 했더니, 적당한 양을 주시면서 무사히 마무리를 잘 하란다. 성산 휴게소에서 아까 얻은 거즈와 반창고로 물집 정리를 하고 좀 오랜 휴식을 취했다.

아직 신북면까지는 3km정도 더 남았다. 차들이 쌩쌩 달리는 13번 도로는 걷기에는 힘든 곳이다. 차분히 생각도 못하고 앞에서 달려오는 차들을 신경 쓰느라 신경이 곤두선다. 거기에다 발바닥까지 상태가 안 좋으니 정말 고된 일이다. 이런 고생을 왜 사서 하는 지……

이번 국토 종단을 준비하는 데 황안나 선생님의 〈내 나이가 어때서?〉와 한비야 씨의 〈바람의 딸 우리 땅에 서다〉를 많이 참조했고, 황안나 선생님이 쓰신 책은 가지고 왔다. 지금 이렇게 힘이 드는데 황안나 선생님은 하루에 40~50km를 걸으신 적이 있다. 몇 년 전 그때 연세가 65세셨는데 정말 대단하지 않을 수가 없다.

발바닥이 너무 아파 걱정되어 신북면에 도착하여 숙소를 정하고 근처 병원에 들렀는데, 계속 걸을 것이면 별다른 처방은 없다고 하면서 소염제와 항생제를 주신다. 그리고 바닥에 좀 푹신한 것을 깔라고 하신다.

그 대목에서 황안나 선생님은 기막힌 생각으로 여자 생리대를 사용하셨다. 그런 말씀을 의사 선생님께 드리니 한번 해 보라고 한다. 약국에서 처방한 약을 사고 슈퍼에 들러 생리대 중에서 오버나이트를 한 통 샀다. 정말 효과가 있었으면 좋겠다. 참 별 것을 다 사 본다.

생각해 본다. 초반에 너무 힘들지만 80세까지 남은 인생이라고 가정을 한다면, 이런 기회가 두 번 다시는 없을 것 같다.

기회가 주어져도 처음부터 다시 한다는 것은 너무 힘든 일이 될 것 같다. 무슨 일이 있어도 이번에 완주를 해야 한다. 이번 종단으로 앞으로의 내 인생이 어떤 방향으로 변경 될지는 모를 일이다. 설령 크게는 바뀌지 않더라도 열정과 도전으로 해 낸 이번 종단이, 앞으로 어떤 일도 두려움 없이 자신 있고 당당하게 맞설 수 있게 해 줄 것이다.

희선아, 파이팅! 너를 응원하는 사람들이 너무 많다. 넌 꼭 해 낼 수 있으니, 다시 한 번 파이팅 하자. 이렇게 나를 다시 한 번 다잡아 본다. 오늘은 삼겹살로 몸에도 기운을 좀 북돋아 줘야겠다(근데 삼겹살 맛이 없었다). 희선아, 파이팅이다.

¤ 걸은 곳: 월출산 경포대(13번 도로)···▶ 영암읍···▶ 덕진면···▶ 성산리···▶ 신북면
¤ 걸은 거리: 약 22Km
¤ 소요 시간: 7시간 30분
¤ 비용: 64,400원

Tip 장갑, 마스크를 준비하자

계절에 따라 이른 시간에 출발할 때는 장갑, 마스크 준비(13번 도로가 차량이 많고 이른 아침이어서 그런지 쌀쌀함이 보통이 아니었다)하여 차가운 날씨에도 대비하고 마주 오는 차에 흰색으로 표시 역할도 하게 한다.

6. 우리 큰딸 윤정이는 커서 무엇이 될까?

4/5(토) 영암 신북면~광주 송정동

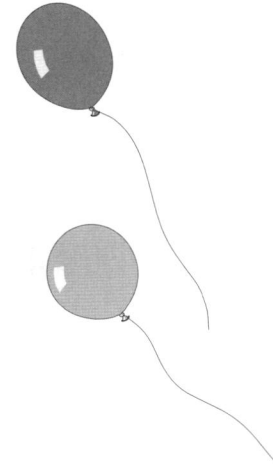

아침 기분이 상쾌하다. 발바닥이 거의 정상인 것 같다. 사람 마음이 간사하다. 어제 병원에 갔다가 의사가 주는 약을 먹고 연고 바르고 잤더니 발이 편해진 것이다. 의사가 처방한 약이 진통제 인가? 잠도 잘 잤고 발바닥도 거의 정상인데다 생리대 신발 깔창의 쿠션이 정말 예술 이었다. 최고였다. 걷는 속도도 4km이상 나올 것 같다.

첫날을 제외하고 제일 좋은 컨디션으로 출발했다. 군계 휴게소에서 아침을 먹고 식구들하고 통화를 한 번씩 했다. 특히 야자 하느라 밤 10시 30분이 지나야 집에 돌아오는 큰놈 윤정이 하고는 통화를 요즘 못했다. 더구나 핸드폰도 선생님께 압수당해 한 달 후에나 주신단다.

"희선 군. 머나먼 여정을 시작하는 지금이 가장 행복하리라 생각하네. 건강에 유념하시게."
그래, 지금 나는 행복한 걸음걸이를 한 발 한 발 내딛고 있는 것이다.

우리 큰놈 윤정이는 개성이 강한 아이다. 공부에는 큰 관심이 없고 자기 꾸미는 것, 패션, 얼굴 예쁘게 하는 것에 관심이 많고, 필요한 것 사는 것은 거의 인터넷 쇼핑으로 해결하고, 졸업한 후에는 디자이너가 되고 싶단다. 감은 있는 것 같은데. 그 쪽으로 열심히 노력은 별로 안 하면서, 명랑하고 친구들하고 어울리는 것 좋아하고, 철이 좀 없는 것 같기도 하면서, 엄마 아빠를 제일 많이 걱정해 주는 아이다. 개성이 강하고 자기주장이 강하다 보니 옥이와의 싸움 90%는 윤정이로 시작한다. 그래도 그런 윤정이가 올해 고등학생이 되면서 부쩍 큰 것 같고 엄마, 아빠랑 대화도 많이 하는 것 같다. 고등학생이 되는 윤정이에게 아빠의 마음을 적어 보낸 편지다.

윤정아. 윤정이가 드디어 고등학생이 되는구나. 입학식은 아빠가 회사 일 때문에 참석을 못 할 것 같구나. 아빠가 참석 안 하는 것, 윤정이 속으로 바라는 것은 설마 아니겠지? 그러면 아빠가 섭섭한데…….

이미 졸업과 입학 선물은 디카로 했고, 그래도 한 가지는 더 해 줘야지. 윤정이가 갖고 싶어 하는 지갑은 엄마가 같이 가서 사주기로 했단다. 윤정이가 고등학생이 되어 졸업할 때까지 긴 시간 같지만 사실 3년이란 시간은 너무도 빨리 지나간다. 그 시간이 지나면 윤정이는 사회인이 되어 정말로 너의 인생은 자신이 스스로 책임을 지는 그런 시간이 되는 것이란다. 사실 아빠도 그런 시간을 많이 기다려 어른이 더 빨리 되고 싶었는데, 막상 되어보니 매일 희망에 찬 그런 날은 아니 것 같더라. 하기야 이런 것도 아무리 얘기해 주어도 본인이 실제 경험해 보지 않고는 이해가 잘 안 되는 부분이란다. 부디 윤정이의 고등학교 생활이 재미있고, 활기찬 생활이 되었으면 한다. 물론 야자도 하고 어쩔 수 없이 공부하는 시간이 많아지겠지만, 안 할 수도 없으니 긍정적인 마음으로 참고 공부를 해야 하는 것이란다.

물론 가수 '보아' 처럼 학교를 관두고 자기 꿈을 펼치는 사람도 있겠지. 그런데 보아도 고등학교 졸업장을 갖기 위하여 검정고시를 본다고 하더라. 이렇듯 공부라는 것은 때가 있고, 어떤 일을 하더라도 피해갈 수만은 없단다. 그러니 이왕 할 것이면 긍정적으로 생각하고 해 주길 아빠는 바란다.

윤정이에게 엄마 아빠가 하는 말은 다 잔소리로 들리지도 모르겠지만 엄마로서, 아빠로서 윤정이에게 기대하고, 말하고 싶은 것도 많단다. 그런 것들이 다 잔소리로 들린다면 엄마, 아빠는 누구랑 얘기를 하겠니. 물론 엄마, 아빠가 윤정이 의견을 많이 들어 보지 않고 짜증이나 화를 내는 일도 있었던 것은 사실이야. 그래서 더 윤정이가 화가 나거나 짜증을 내는 경우도 있었을 것 같아.

그러나 윤정아, 이것만은 알아주길 바란다. 사람이 대화를 하지 않고는 점쟁이가 아닌 이상, 사람 마음을 다 알 수 없단다. 그러니 언성을 높이는 경우도 있겠지만 자기가 하고 싶은 얘기는 서로 다해서 서로를 이해할 수 있도록 노력은 해야 한단다.

아마 윤정이가 고등학생이 되고 해서 앞으로는 전처럼 잔소리를 많이 하는 경우는 줄어 들 것 같단다. 왜냐고? 그것은 윤정이가 고등학생이고 또 윤정이가 자기 일을 알아서 할 나이가 되었다는 얘기지. 물론 윤정이도 말만 자기가 알아서 한다고 하는 것이 아니라 정말 자기가 생각하고, 꿈꾸고 하는 일들을 하기 위해서 자기 일을 알아서 잘 한다면 누가 잔소리를 할 수 있겠니. 물론 완벽하게 100% 다 알아서 잘 할 수는 없겠지만, 이전보다는 더 잘 해 주리라 믿는다. 그래야만 서로에게 신뢰가 생겨 더 믿어 주고 하는 것이란다. 앞으로도 엄마도, 아빠도 윤정이를 이전보다 더 많이 믿어 주고 그렇게 하기로 했단다. 그러니 윤정이도 엄마, 아빠의 잔소리를 너무 외면하지 말기 바란다. 알았지?

다시 한 번 윤정이 고등학교 입학을 축하하고, 좋은 친구들도 많이 만나고, 큰 꿈을 예쁘게 잘 키워 나가길, 아빠, 엄마는 잘 지켜보도록 할께.

자기가 하고 싶은 것을 하면서 사는 것은 저절로 되는 것이 없단다. 많은 노력과 고통도 따르고 시간도 많이 필요 하단다. 우리 윤정이가 이점 명심하여 몸도 건강하고, 마음도 예쁘게 잘 가꾸어 나가는 얼짱 고등학생이 되길 바란다.

고등학생이 되는 윤정이에게 아빠가

2008.2.27(목)

윤정이의 깊은 마음을 알 수 있는 편지-가족끼리 한 아빠의 퇴임식 때 읽어준 내용- 하나를 더 소개 한다.

사랑하는 아빠에게,

아빠, 나 아빠 큰딸 윤정이야!

아빠가 만도 다닌 지 20년 쯤 넘었나? 그동안 우리가족에게 많은 일들이 있었지! 아무리 힘들었어도 우리가족이 있어서 꿋꿋하게 견딘 것 같아 그렇지?

많은 추억이 있는 만도였는데, 이제 아빠가 명예퇴직이란 것을 하다니 믿기지가 않아. 그래서 처음엔 많이 혼란스러웠어. 현정이는 이제 중2고, 나는 고1인데 너무 철없는 큰딸이잖아. 그런데 난 아빠를 믿어. 그런 명예퇴직 같은 걸로 아빠는 절대 기죽지 않을 거란 걸 알아. 아빠가 남들보다 못나서 그런 것도 아니고 사장이 바뀌어서 그렇게 된 거잖아. 아빠가 없는 만도는 잘 될 수가 없어. 난 믿어!

아빠가 그동안 하고 싶었던 도보여행 준비하구 있지? 한 달 동안 아빠가 없다니 믿기지가 않아. 출장도 2주일이상 가본 적 없는 아빠라, 한 달 동안 아빠 빈자리가 너무 쓸쓸하겠지만, 도보여행 즐거운 마음으로 갔다 와! 나도 공부 열심히 하고 수련회도 잘 다녀오고 엄마 속을 덜 썩일게. 아빠가 도보여행 갔다 와서 책 내는 것도 잘 되었으면 좋겠어.

난 무엇보다 아빠가 책 많이 읽는 게 존경스러웠거든. 정작 나는 책 이란 걸 손에 대지도 않았지만!

그리고 쌍꺼풀 수술은 고1 겨울방학 때 같이 상담 받으러 가자! 의사선생님이 지금 안 된다면 할 수 없지만 내가 만약에 한 가지 특출 나게 잘 하는 게 있었다면 그것에만 몰두 했을 텐데……. 잘 하는 게 없어서 걱정이야. 내가 그나마 좋아하는 거는 친구들하고 놀러 다니면서 뭐 먹고 사진 찍고 옷 사고 그게 전부야. 커서 내가 뭐가 되는지 아직 잘 모르겠지만 엄마 아빠 모두 날 믿어줬으면 좋겠어! 그리고 내가 누구보다 엄마 아빠 사랑하는 거 알지? 나중에 나는 결혼하고 할머니가 돼도 엄마 아빠가 누구보다 제일 좋을 거야! 겉으론 표현 안 해도 말이야 알겠지? 사랑해 그리고 힘내!!!

아빠를 사랑하는 윤정이가.
2008.3.30(일)

10시 10분경, 나주 시내로 들어서는 운곡교를 통과하니 영산포 풍물시장이 반긴다. 5일장으로 나주에서는 제일 큰 장이다. 마침 오늘이 장

날이라 사람들로 가득하다. 없는 것 빼고 다 있는 것 같다. 더구나 국회의원 선거 유세까지 진행이 되어 한바탕 난리이다. 참외 노점상에게 맛 뵈기로 얻어먹은 참외가 참으로 달다.

시내로 들어서는 데 '변화와 개혁 2번 김창호'라고 쓰인 현수막 하나가 눈에 띈다. 누구는 변화와 개혁을 부르짖으며 경영혁신 하다가 잘렸구먼, 참말로.

영산대교에서 우회전하여 나주 대교까지 이어진 강변 우회도로는 5km정도 되는데 자전거 도로로 잘 꾸며놓아 산책 하듯이 편안하게 걸을 수 있는 좋은 길이다.

노안을 거쳐 송정동으로 향해서 가고 있다. 원래 광주는 내일 들어가려고 했는데, 오늘 상태가 좋아 송정동을 목표로 하고 걸었다. 오늘은 11시간 정도를 걸어 오후 5시 20분경에 광주 송정동에 도착했다. 도착해서 전에 우리 아랫집 살다 처가가 있는 광주로 내려와 BBQ 대리점을 연 현호네를 가 보려고 전화를 했다. 내일 지나갈 코스의 근처인 첨단단지 월계동 근처란다. 택시를 타고 갔다가, 이러 저런 얘기를 좀 나누고 다시 택시를 타고 송정동으로 돌아와 송정리역 근처에 숙소를 잡았다. 오늘은 기분 좋게 걸었다. 내일도 기대가 된다. 내일은 담양을 향해 간다. 오늘 대학 친구 배인용 군이 보내준 문자가 마음에 남는다.

"희선 군. 머나먼 여정을 시작하는 지금이 가장 행복하리라 생각하네. 건강에 유념하시게."

그래 지금 나는 행복한 걸음걸이를 한 발 한 발 내 딛고 있는 것이다.

¤ 걸은 곳: 영암 신북면(13번 도로)···▶ 나주시내···▶ 영산대교(우회전) 영산
강우회도로···▶ 나주대교(끝에서 죄회전하고, 바로 만나는 사거리에서 우측
농산물 공판장끼고 샛길(2km)···▶ 석현삼거리···▶ 노안··▶ 광주 송정동

¤ 걸은 거리: 약 32km

¤ 소요 시간: 11시간

¤ 비용: 44,400원

Tip

1.영산대교에서 우회전 하여 나주 대교까지 강변 우회도로 약 5km는 자전거
도로 등으로 잘 꾸며져 있어 조용히 산책 하듯이 걷기 좋다.

2.신발의 쿠션 기능은 생리대로 해결한다. 단 오버나이트로, 사이즈는 발에
맞는 것으로 잘 고른다(28cm 또는 33cm 등).

3.마주 오는 차를 보고 걸어 올라갈 때 도로에 돌멩이 등이 있는지 잘 살펴
야한다. 혹시 돌 같은 것이 지나가는 차에 튀어 다칠 수 있다.

7. 막내 현정이의 꿈은 아나운서

4/6(일) 광주 송정동~담양읍

　일요일 이른 아침이라 시내가 조용하다. 광주처럼 큰 시가지는 도로 번호가 가끔 없어지고 시내 중심으로 표시가 되니 헷갈린다. 물어물어 갔다. 10시 50분경 광주 과학기술원에 도착하여 원내 잔디밭에다 풀어 헤치고 휴식을 취했다. 어젯밤에 12시가 다 되어 잠이 들어 잠이 부족한지 오늘은 몸이 좀 무겁다.

　옥이가 아침에 성당 미사 가는 도중에 전화를 했다. 어제 밤에 PC 사용하는 것 때문에 애들하고 한바탕 했단다. 우리 집에는 거실에 TV와 PC가 나란히 붙어 있는데 중간고사가 얼마 안 남은 막내가 EBS로 공부한다고 난리, 큰놈 윤정이는 주중에 야간 자율학습 때문에 PC 못하다가 주말에 좀 하겠다고 난리. 게다가 현정이가 PC로 공부하면 TV도 못 보게 되니까 더 난리다. 결국은 엄마가 폭발을 한 모양이다. 사실 어제 아침에 현정이가 시험공부 때문에, 아빠 노트북 좀 사용하겠다고 했는데 내가 안 된다고 한 것이 마음에 걸린다. 원래 아빠 노트북은 애들이 안 쓰는 것으로 알고 있었다. 옥이랑 통화를 끝내고 현정이를 깨워 노트북 사용 방법을 알려주고 시험공부용으로만 쓰라고 했다.

막내 현정이는 큰놈 윤정이랑 또 다르다. 자기 일은 자기가 알아서 하는 스타일이고 간섭 받는 것을 싫어한다. 한번 수중에 들어간 돈은 잘 나오지 않지만, 써야 할 때는 금액이 커도 쓴다. 뭐든 하기 전에 준비를 철저히 하는 편이다. 예로 지난번에 MP3를 사려고 준비하는데 보통 회사에서 일하면서 의사결정할 때 쓰는 방법 중의 하나인 Matrix 분석 기법이란 것을 알려 주지도 않았는데 가로줄에는 브랜드명을, 세로줄에는 자기가 원하는 기능을 넣고 점수를 부여하여 가장 높은 것을 사겠다고 정한다.

또 한 번은 작년 여름휴가 첫날이 그 당시 빅뱅 전국 투어 콘서트 중 마지막 순서로 전주에서 한다고, 표를 구입 - 물론 비싼 표 값은 자기 돈으로 - 하여 간다고 한다. 그래서 휴가 계획을 변경하여, 공연이 저녁 6시 인가 그랬는데 아침 10까지 가자고 해서 데려다 주고 공연 끝날 때까지 본의 아니게 옥이랑 전주 근처를 하루 종일 헤맨 적 - 사실은 옥이랑 따로 일정을 잡아 오붓하게 영화도 보도, 맛 집도 찾고, 온천욕도 하고 그랬다 - 이 있다.

초등학교 때 방송반 아나운서를 하면서 아나운서의 꿈을 키우고 있으며, 자기 꿈을 이루기 위해서 공부도 열심히 하고, 특기로 플루트도 열심히 부는, 아직 중2 이지만 자기 주관이 뚜렷하고 자기 일을 열심히 하는 현정이는 언제나 마음에 든다.

오후 1시 20분경 대치를 지나고 월본사거리에 도착하여 사거리에 있는 청송농원(010-661-5148)에 들어 물도 얻어먹고 인근의 식당을 물어 보니, 일단 있는 것으로 인절미와 쑥떡, 김치까지 내 주신다. 오늘은 점심을 이것으로 대신 했다. 오늘 목적지는 대치까지였으나 아직 시간이 일러 담양까지 가기로 했다. 아직 10km정도는 더 가야 하지만, 여기서부터는 13번과 24번 도로가 같이 간다.

월본 사거리부터는 옆에 나란히 가는 구 길보다 운치는 없지만, 갓길도 넓고 광주, 나주처럼 차량이 많지 않아 걷기에 큰 불편함이 없다. 걷는 시간이 10시간 째가 다 되가니 몸이 말을 잘 안 듣는다.

나 자신과의 싸움이 이런 것인가 보다. 누가 시키는 사람도 없는데. 내가 결정하고 그것을 이루고 지키려고 한 걸음, 한걸음 앞으로 나가는 이런 것이 종단 완주가 끝난 뒤에는 나를 좀 더 강하게 만들어 줄 것이라고 생각한다.

지금은 인생에 있어서 성공했다고 감히 말 할 수는 없겠지만, 이런 일을 통해서 행복과 성공이라는 것에 대한 고민도 많이 하고, 그런 의미도 다시 새겨 보고 하여 제2의 인생인 이후의 삶에 대하여 후회하지 않게 살아가리라.

담양읍에 숙소를 잡았는데 욕조가 없는 대신에 같이 운영하는 목욕탕을 그냥 사용하란다. 그것도 괜찮겠군 하고 방값을 지불했다. 몸무

게를 재보니 2.5kg정도 준 것 같다. 뱃살도 좀 빠져야 하는데, 이 희망
사항은 이번 종단의 부수입이 될 것이다.

¤ 걸은 곳: 광주 송정동(13번 도로)··▸ 광주과학기술원(비아동)··▸ 담양 대치(24번
도로)··▸ 담양읍
¤ 걸은 거리: 약 30km
¤ 소요 시간: 10시간
¤ 비용: 42,700원

8. 나에게 주유소는 오아시스

4/7(월) 담양읍~순창군 인계면 성덕마을

어젯밤에 비가 많이 와서 걱정이 많았는데 일어나 보니 날씨만 잔뜩 흐리고 비는 멈췄다. 담양읍을 조금 지나 담양에서 제일 유명한 것 중의 하나인 메타세콰이어 가로수 길에 들렀다. 안개비를 살짝 머금은 메타세콰이어 가로수 길이 초반에 지친 나의 몸과 마음을 치료해 주는 것 같다. 차가 다니지 못하게 막아놓고 잘 가꾸어 놓았다. 천천히 감상하고 사진도 몇 장 찍었다 아쉬운 것은 지나가는 사람이 없어 내 사진은 한 장도 못 찍었다.

가로수 길 끝에서 금성면까지는 편도 1차선에다 갓길도 제대로 없어 걷기가 많이 불편했다. 출근 시간대라 그런지 차는 왜 그리 많은지.

이번에 걸으면서 느낀 것 중의 하나가 주유소가 참으로 고맙다는 것이다. 평소에는 도로변에 주유소가 저렇게 많아서 장사는 제대로 될까 하는 생각을 했는데, 이번 종단 중에 주유소는 나 같은 사람에게는 완전히 고마운 구세주다. 적당한 거리에 한집씩 자리 잡고 있어 들르면 개방 화장실, 생수 서비스 제공에다 길 안내까지, 정말 오아시스가 따로 없다. 주유소의 재발견이다.

안개비를 살짝 머금은 메타세콰이어 가로수 길이 초반에 지친 나의 몸과 마음을 치료해 주는 것 같다.

9시 40분경 전라북도 순창군에 들어섰다. 나를 찾는 여정도 7일차에 접어들었다. 처음에 잘 할 수 있을까 하는 생각에 많이 불안 했었다. 그러나 하루하루 힘들게 걸어 온 것이 벌써 7일째다. 순창을 코앞에 두고 있다.

이번 여정이 재미로 가득한 여행이 아니라, 나를 다시 생각해보고 나를 뒤돌아보고, 나의 미래를 그려보는, 고행이 가득한 여정일지라도 내가 선택한 것이기에 기꺼이 감수하고 참고 견디리라. 시작이 반인데 벌써 7일째가 아닌가. 중간 중간에 문자 보내주고 전화주고, 나를 아끼고 생각해 주는 가족, 동료, 친구들로 인해 힘이 난다.

12시경 순창고교 교차로에 도착하였다. 임실은 좌회전하여 27번 도로로 가야 하는데 점심을 먹으려고 순창읍으로 향했다. 그런데 전에 생겼던 물집은 아물어 굳은살로 변한 것 같은데, 오늘 새로 생긴 물집이 나를 괴롭힌다. 내일 임실까지 가려면 길이 멀어 한 걸음이라도 더 걸으려고, 점심을 먹고 임실 쪽으로 걷고 있는데 몸이 너무 피곤하다. 졸리기까지 한데 눈 좀 붙일 곳이 없다. 쉴만한 곳이 없다.

결국 오후 3시 20분경 인계면 성덕마을 앞에서 오늘 일정을 접었다. 근처에 숙소도 없고 해서 순창행 버스를 타고 다시 순창에 들어와 숙소를 정하고 종단 7일차를 접었다.

내일 아침에는 택시를 타고 성덕마을까지 가서 다시 출발 해야겠다. 이번에 우리 팀원이면서 같이 명예퇴직을 하게 되었지만 원대 복귀를 요구하면서 사무실에 남아 있는 박혁수 과장이 9일 날 합류해서 몇 구간 같이 걷겠다고 전화가 왔다. 임실부터 같이 걸으면 되겠다. 기대가 된다.

¤ 걸은 곳: 담양읍(24번 도로)⋯→ 메타세콰이어 가로수길⋯→ 순창고교 교차로(27번 도로)⋯→ 인계면 성덕마을

¤ 걸은 거리: 약 23km

¤ 소요 시간: 8시간 30분

¤ 비용: 44,000원

9. 어머, 저번에 그 여자 분이 아니네요?

4/8(화) 순창군 인계면 성덕마을~임실읍

    사람 몸이 참으로 신기하다. 어제는 한 걸음도 못 움직일 정도로 힘들어서 고생했는데, 발 마사지 잘하고 좀 일찍 잠자리에 들었더니 아침에 몸이 가볍다. 이래서 또 하루를 걷나 보다.

    아침에 안개가 장난이 아니다. 시계가 50m도 안 되는 것 같다. 일단 편의점에서 컵라면과 김밥으로 아침을 해결하고 택시로 어제 마무리한 지점 성덕마을로 가서 오늘을 출발한다.

    갈재 고개를 오르는데 안개가 더 심해져 바로 코앞도 안 보인다. 좀 위험하긴 해도 안개 속을 헤쳐 나가는 묘미도 좀 색다른 것 같다. 갈재 고개 정상이 순창군과 임실군의 경계이다.

오전 9시경 회문 삼거리에 도착하여 우회전하여, 임실 방향으로 27번 도로에서 30번 도로로 바꿔 걸었다. 한참을 가다 보니 우리나라에 국립묘지가 서울, 대전, 영천에 있는 정도는 알고 있었는데, 국립임실호국원이 눈에 들어온다. 국립임실호국원은 6·25전쟁 시 조국수호를 위해 신명을 바치셨던 참전용사와 자유우방을 돕기 위해 월남에 참전했던 월남참전용사 그리고 국가유공자들의 고귀한 업적과 공적을 기리며 이분들의 위훈을 추모하기 위하여 전북 임실군 강진면 백련리 551번지 일원에, 부지 10만 6천 평에 98년 8월에 착공, 3년 3개월의 긴 공사 끝에 2001년 11월에 완공하여 운영이 되고 있다. 경비 서는 군인 – 군인은 아닌 것 같은데 – 과 몇 마디 나누고 사진 몇 장을 부탁했다. 혼자 다니니 사진 찍기가 어려워 거의 찍지 못한다.

고등학교 동창인 김두현 군이 생각난다. 깔끔한 외모처럼 빈틈이 없고 뭘 해도 확실히 하며 토목건설계통에서 기술사 자격증을 갖고 일하는 좋은 친구다. 간만에 통화를 하고 내 상황을 설명해 주니 건강하게 잘하고, 올라오면 소주 한잔 하잔다.

두현 군 하면 생각나는 것이 두현 군 결혼 후 집들이 사건이다.

때는 지금으로부터 20여 년 전 같다. 나보다 먼저 결혼한 두현 군의 집들이에 고등학교 동창들을 초대해서 난 지금의 옥이랑 같이 갔는데, 두현 군 와이프가 옥이를 보더니 갑자기 한마디 던지는데-의도적인지는 아직까지 확인 안 됨- 분위기 갑자기 싸해 진다.

"어머, 지난번에 결혼식장에 같이 오신 분이 아니네요?"

무슨 쓸 데 없는 얘기를 하시냐고 서둘러 화제를 다른 데로 돌렸다. 지금도 옥이가 가끔씩 물어 본다. 그때 그분이 누구냐고, 7년 동안 사귀였다고 하는데 누구냐고, 죽을 때까지 최소한 몇 번은 더 들을 것 같다. 그 친구는 고등학교 때 청소년

적십자 활동을 했는데 같은 구역 내의 다른 학교 후배 학년이었다.

 고등학교 때 좀 만나다가 대학 들어가 헤어졌다가 군대 제대 후 어찌 어찌하여 다시 만나게 되었는데 인연이 아닌지 헤어졌다. 친구들이 군대 간 기간까지 계산하여 7년, 7년 하는데 보통 난감한 일이 아니었다. 지금도 옥이가 가끔 물어 보면 나는 이렇게 대답한다. 예선전 다 거치고 결승점에서 만난 사람은 바로 당신이라고…….

순창군 갈재 고개를 오르는데 안개가 더 심해져 바로 코앞도 안 보인다. 좀 위험하긴 해도 안갯속을 헤쳐 나가는 묘미도 좀 색다른 것 같다.

점심을 먹고 모래재를 넘는데 숨이 차오고 헐떡인다. 이렇게 하루마다 또 다른 도시를 알아가는 맛이 이번 종단의 또 다른 맛이 아닌가 생각이 든다. 오늘은 끝까지 컨디션이 좋다. 종단을 시작하고 제일 무리없이 걸은 것 같다. 그래서 그런지 기분이 더 좋은 것 같다. 아마 발바닥의 물집도 이제 꾸덕꾸덕 굳은살이 생길 데가 되었나 보다. 이제는 먹는 것을 더 잘 챙겨 먹어야겠다. 하루에 10시간 정도 걷다 보니 열량이 보통 소비 되는 게 아닌 것 같다.

희선아, 오늘이 종단 8일째로 벌써 210km 정도 걸었다. 3분의 1정도 소화 한 것 같다. 희선아, 끝까지 홧팅이다. 아자, 아자, 홧팅!

1. 다음날 편하게 걷는 제일 좋은 방법
발 마사지는 문지르고, 누르고, 두드리고
최대한 많이 해 준다.

Tip 2. 순창읍에서 임실읍까지는 도로변에 숙박 시설
이 없다. 구간 길이가 30km이상 되니까 사전에 숙
소는 감안하여 걷는 시간을 계산한다. 임실읍에도 여
관이 2개밖에 없는데 하나는 수리 중이고, 다른 하
나는 임실읍 끝나는 지점에 있어 읍내에서 10분정도
걸어가야 한다.

10. 익산이 그립다

4/9(수) 임실읍~진안읍

비가 오려고 하는지 날씨는 잔뜩 흐리고 맞바람이 세차게 분다. 오늘은 국회의원 선거지만 이번 종단으로 못하게 되었다.

임실IC에서 그 유명한 전주에서 남원 가는 17번 도로를 잠시 만난다. 전에 익산 공장에 근무할 때 많이 다녔던 길이다.

익산이 그립다. 익산이랑 인연을 맺은 것이 1995년 봄이다. 안양공장에서 현가공장을 전북 익산에 새로 지어서 이전을 하게 된 것이다. 그 당시 현가공장 생산계획을 담당했던 나는 안산에서, 새로운 삶의 터전인 익산으로 이사를 하게 되었다. 안산에서 전세 1,200만 원에 반지하에서 살았는데, 익산으로 이사하면서 회사와 건설회사 융자금을 더해서 5,200만 원에 28평 내 집을 마련한 것이다.

지금 생각에는 그때 당시 사원 아파트로 들어가고 융자를 좀 얻어 안양 등에 집 하나 장만하고 왔으면 돈 좀 벌었을 것이라고 하지만 그것도 인연이 아닌 것을……. 그때 샀던 그 집은 2002년 본사로 오면서 수원에 집을 마련 할 때는 분양가에 못 미치는 5,000만 원인가 주고 올라 왔던 같다.

하여간 익산공장에서의 생활은 몸은 조금 피곤하였지만, 생활은 나름대로 여유 있고 마음만 먹으면 산이며, 바다며 자연과 가깝게 지낼 수 있어, 내게는 지상낙원 같은 곳이었다.

회사 생활은 익산 공장에서 끝을 내겠구나 생각하고 근무를 했는데, 2002년 7월 1일부로 전사 정보화(IT) 관리 및 운영 업무를 하기 위해 본사로 오기 전까지 8년 정도 익산에서 살았던 것이다. 특히 처가(논산)가 가까워 더 좋았던 것 같다. 옥이가 본사로 옮긴다고 좋아했는데, 결국 이번에 명예퇴직을 하게 되었으니. 인생사가 다 새옹지마 인 것 같다.

지금의 이 상황도 아마도 다른 무엇인가 더 좋은 결과로 나타날 것이라고 나는 굳게 믿는다. 물론 나의 마음이 그런 것을 간절히 원하고 실천하려고 노력 한다면…….

오늘 저녁때에는 그때 익산 공장에서 같이 생활했던 홍영화 차장, 이형석 차장이 응원 차 내려온다. 홍영화 차장은 형님으로 모시는 분이고, 김방웅 차장, 김광훈 차장 포함하여 4명은 식구처럼 가깝게 지내고 있는 사람들이다.

이름도 모르는 고개를, 오락가락하는 비를 맞으며 정상에 올라 진안군 운면을 지나 백운면으로 들어섰다. 비가 제법 많이 와서 우비를 꺼내 입고 걸었다. 바람과 비가 세차게 오는 바람에 오늘은 남다른 기분과 고통을 맛보고 걷고 있다. 지나가는 차들이 멈춰 서서 태워주겠다고 했지만 사정을 얘기하고 정중히 사양했다.

허기가 져서 동창리 슈퍼에 들러 우유와 초콜릿으로 요기를 하고 있는데 박혁수 과장의 전화가 왔다. 지금 임실역에 도착했단다. 그래서 일단 임실 버스 터미널까지 가서 일회용 우비와 김밥 4줄을 사고 진안 백운면 가는 버스 시간표를 알아보라고 했다.

조금 있다가 전화가 왔는데 버스가 오후 2시 넘어서 있단다. 하는 수 없이 택시를 타고 백운면 평장리에서 만나기로 했다. 난 걸어서 평장리까지 가는데 택시로 오는 박과장은 30분도 안 되어 도착을 했다. 반갑게 악수를 하고 우선 시골 버스 정류장 처마 밑에서 점심으로 사 온 김밥을 먹고 같이 진안을 향해 출발을 하는데 비바람이 너무 거셌다. 박 과장의 1회용 우비는 세찬 비바람을 감당하기에는 역부족 인 것 같다.

원대 복귀를 요구하면서 다들 나왔는데 회사에 있으면서 지냈던 얘기, 어제 인사

물집으로 만신창이가 된 발바닥이 내 마음을 더 아프게도 하지만, 어떤 어려움이 있어도 완주를 해야겠다는 불씨를 마음에 지핀다.

정희선 에세이

실장과 더 이상 어쩔 수 없다고 면담한 얘기, 이제는 어쩔 수 없이 나갈 수밖에 없다고 결심을 해야 할 때라는 등 이 얘기 저 얘기를 나누면서 세찬 비바람을 헤치고 진안읍에 도착했다.

샤워를 하고 발바닥 물집 정리를 하는데 물집으로 만신창이가 된 발바닥이 내 마음을 더 아프게도 하지만, 어떤 어려움이 있어도 완주를 해야겠다는 불씨를 마음에 지핀다.

홍영화 차장이 전화를 했다. 7시쯤 도착한다고 저녁 먹지 말고 기다리란다. 오늘은 고기를 좀 먹어줘야겠다. 그동안 삼겹살 같은 고기류는 꼭 2인분 아니면 안 된다고 하여 영암 신북면에서 한번 먹어 보고 안 먹었다. 좋은 사람들을 만난다는 생각에 기분이 좋아진다.

> ¤ 걸은 곳: 임실읍(30번 도로)···▶ 성수면···▶ 백은면···▶ 정송삼거리(우회전)···▶
> 샛길(지름길)···▶ 은천삼거리(30번 도로)···▶ 진안읍
>
> ¤ 걸은 거리: 약 29km   ¤ 소요 시간: 9시간 40분   ¤ 비용: 44,100원

Tip 걷기 좋은 길

임실에서 진안까지는 전구간이 산길 같은 느낌으로, 차량도 적어서 여유 있게 걷기 참 좋은 길이다.

정송삼거리에서 은천삼거리까지 샛길은 5~6Km 단축을 해 준다.

11. 생애 첫 음악 발표회 - 드럼 공연

4/10(목) 진안읍~무주군 적상면

 박혁수 과장과 아침을 먹고, 멀리까지 응원 와준 박 과장과 굳은 악수를 하고, 박 과장은 서울로 나는 무주를 향해 출발했다. 무주까지는 40km로 하루에 걷기에는 무리 인 것 같다. 중간 정도에서 하루 묵기로 하고 7시 50분경 출발했다.

 오락가락하던 비도 용담호가 보이면서부터 그치고 햇살도 보이고 살살 부는 바람도 시원하다. 안개에 가려진 산봉우리를 보면서 천천히 발걸음을 옮겼다.

 오늘은 무주까지의 중간 지점인 안천면까지 가자고 생각하니, 시간적인 여유가 있어 세월아 내월아 하며 핸드폰 MP3를 들으면서 걸었다. 음악을 듣다 보니 드럼을 취미로 배워서 2006년 9월에 학원 연중 행사에서 취미반 밴드를 만들어 연주 발표회를 했던 생각이 난다.

어린 시절부터 꼭 하고 싶었던 것이 몇 가지 있었다. 예를 들어 드럼 배우기, 탭댄스 배우기 등이다. 그 중 드럼은 언젠가 꼭 한번 배우고 싶어서 전에 익산 근무 할 때 몇 개월 배운 적이 있었고, 본사 올라 와서는 회사 출퇴근 시 버스를 갈아타는 수원 장안문 근처에 드럼 학원이 있어 주저 없이 취미반에 등록했다.

그때가 2004년 겨울이었다. 내가 생각해도 나에게는 음악적인 재능은 정말 없는 것 같다. 박자 관념도 없고 리듬감도 없이 의욕만으로 시작은 했지만, 마음같이 잘 되지 않는 경우가 많았다.

학원 원장님의 격려로, 일주일에 2회씩 레슨을 하면서 2년이란 시간 동안 연마를 하였다. 처음에는 잘 몰랐지만 그룹으로 연주를 할 때 드러머가 지휘자 같은 역할을 하는 것이다. 드러머의 박자가 빨라지면 음악이 빨라지고, 느려지면 음악이 느려지는 것이다.

9월 말로 학원 총 발표회가 정해지고 입시를 위해 배우는 학생반은 여러 형태로 그룹을 만들어 공연 준비를 하고 원장님이 이번 발표에는 취미반도 The Dream이란 팀을 만들어 5곡을 연주 한단다. 드러머는 나를 포함하여 초등학생 2명까지 3명, 키보드는 30대 초반의 아줌마, 기타는 고등학생 2명, 노래는 대학생과 고등학생 각각 나누어서 부르기로 했다. 나는 자우림의 'Magic Carpet Ride', Bon jovi의 'You give Love A Bad Name', 노브레인의 '넌 내게 반했어' 등 3곡을 연주했다.

발표를 3개월 정도 앞두고는 주말 포함하여 거의 매일 학원에 들러 연습을 하였다. 팀원들과 일주일에 2회 정도 같이 만나 음악을 맞추었다. 이러다 보니 좋아하던 술도 하질 않고 열심히 준비를 했던 것 같다.

드디어 2006년 추석 전전날로 기억하는데, 수원시 장안구 문화회관에서 낮부터 리허설을 하고 저녁에 공연을 했다.

대기실에서 우리 취미반 순서를 기다리는데 긴장되고 떨리는 그 마음은 지금 생각해도 장난이 아니었다. 우리 순서가 되어 무대에 서 공연을 하는데 얼마나 긴장을 했는지 지금 그때 공연 모습을 보면 얼굴이 무척이나 긴장되어 있었다. 한, 두 군데 틀리기도 했지만 무사히 공연을 끝내고 관중에게 인사하고 대기실로 들어 와서는 무사히 끝난 공연에 팀원들 서로 잘했다고 격려를 했다.

응원 온 옥이와 윤정이, 현정이는 아빠에게 꽃다발을 전해주며 아빠를 참으로 자랑스러워했고 잘했다고 엄지손가락을 치켜세운다.

잘 할 수 있을까 걱정을 많이 했는데 공연을 무사히 끝낼 수 있어 너무나 행복한 시간이었던 것 같다. 작년에는 일이 좀 많이 바빠서 학원을 다니지는 못했지만 시간이 나면 다시 드럼을 배우는데 신경을 쓸 예정이다. 너무나도 소중하고 자랑스러운 발표회였던 것 같다.

그 뒤에도 공연했던 모습을 사내의 변화와 개혁의 경영혁신 관련 여러 강의 시 소개 하고 보여주었던 것도 인상적으로 기억에 남는다.

안천면에 다다라 점심을 먹고 민박을 알아보니 무주까지 가야 한단다. 이런 낭패가. 계획을 수정해야겠다. 일단 가는데 까지 가보고 시간이 늦으면 오늘 일정을 종료하고 버스로 무주 갔다가 내일 아침에 다시 와서 걸을 생각이었다. 무주를 14km정도 남겨둔 지점인 삼유 삼거리에 도착하여 무주 가는 버스를 기다리는데 슈퍼 아주머니가 5km 더 가면 적상면에 민박이 있단다. 5km라. 지금도 발뒤꿈치가 아파서 걷기가 불편한데 어떻게 하나 고민 끝에 더 가기로 하고 지친 몸을 이끌고 겨우 적상면에 도착하여 민박의 시설은 영 아니었지만 짐을 풀고 저녁을 먹고 오늘을 정리한다.

내일은 영동까지 35km정도 가야 하니까, 간단히 씻고 잠을 청한다. 내일이면 11일째 걷는다.

¤ 걸은 곳: 진안읍(30번 도로)…▶ 월포대교…▶ 불로치터널…▶ 적상면 상류재 고개…▶ 조금재 터널…▶ 적상면

¤ 걸은 거리: 약 33km　¤ 소요 시간: 11시간 20분　¤ 비용: 32,500원

Tip　진안읍에서 무주읍까지 40km로 하루에 걷기에는 긴 거리다. 중간 정도인 안천면 부근에는 숙박시설이 없지만 무주를 8km 정도 남겨둔 적상면에는 몇 곳이 있다.

12. 최악의 코스에서
나 자신과의 치열한 싸움

4/11(금) 무주군 적상면~영동읍

오늘은 35km 정도 걸어야 하는 긴 코스라 단단히 준비를 하고 6시 10분경 나서는데, 어제부터 아픈 발뒤꿈치가 걱정이다.

무주읍 종합 운동장을 지나, 아침을 먹으려고 도로에서 벗어나 마을로 가는데 무주군 보건의료원이 보인다. 장례식장까지 갖추고 군에서 운영하는 종합병원인 것 같다. 지하 구내식당으로 갔는데 아침 시간이 지났다고 영업을 안 한단다. 사정을 이야기 하니 남은 밥에 몇 가지 반찬, 계란후라이를 두 개나 해 주시는 정성에 배가 부르게 먹고 또 다시 길을 나선다.

이번 종단에서 느낀 것 중 하나는 아무리 가까운 곳도 내 발걸음 한

걸음도 움직이지 않으면 갈 수 없다는 것이다. 내가 마음먹고, 내 의지가 담기지 않으면 어느 한 가지 아무 것도 이룰 수 없다는 것이다. 이 단순한 진리가 왜 그리 뼈저리게 마음속에 느껴지던지…….

압치 터널을 분기점으로 전라북도를 뒤로 하고 충청북도로 들어서는데, 몸이 무겁고 발뒤꿈치가 아파서 속도가 나질 않는다. 압치 터널을 조금 지나서 새로 난 19번 도로가 중간에 쉴 곳도 없고 지루하여 구 길로 들어서서 조금 더 걷다가, 도로 표지판이 헷갈려 다시 신로로 올라온다. 영동읍까지 19번 신 도로는 자동차 전용도로처럼 만들어 오아시스 같은 주유소도 없고 휴게소 등 쉴 곳이 없는, 따분하고 심신이 지친 상태서 걷기가 지루한 코스이다.

오후 4시경 묵정리 버스 정류장에 도착하여 정류장 의자에 누워 10여 분간 잠이 들었다. 몸이 너무 힘들어 오늘은 그만하기로 하고 버스로 영동읍으로 갔다가 내일 다시 여기까지 올까하는 생각이 수없이 머릿속에 맴돈다.

날씨까지 더워 걷기가 더욱 힘들다. 적당히 쉴 곳도 없다 보니 먹는 물 공급도 할 곳이 별로 없다. 상황이 이렇다 보니 영동으로 가는 길은 산도, 들도 눈에 잘 들어 오질 않고, 이것저것 여러 가지 생각도 귀찮아지는 오늘의 고행 코스다.

하지만 포기할 수가 없었다. 어떻게 해서든지 영동읍까지 가기로 하고 파이팅을 외치면서 한걸음 한걸음을 옮겼다. 드디어 12시간 이상 걸려 영동읍에 도착했다. 종단을 시작하고 오늘 걸은 거리가 35km로 가장 많은 것 같다. 어렵고 힘들지만 해 낸 것이다.

내일은 하루 휴식을 취해야겠다. 예정보다 많이 올라왔고, 다음 주 또 긴 여정을 잘 진행하려면 충분히 휴식을 취하는 것이 좋겠다.

오늘은 길 위에서 13시간 있었다. 길 위에서 힘들게 한걸음, 한걸음을 내딛을 때마다 눈가에 눈물이 맺혔다.

¤ 걸은 곳: 무주군 적상면(30번 도로)···▶ 무주읍(19번 도로)···▶ 압치터널···▶ 학산 사거리···▶ 묵정리···▶ 괴목리···▶ 영동읍
¤ 걸은 거리: 약 35km   ¤ 소요 시간: 12시간 30분   ¤ 비용: 44,600원

Tip 최악의 코스
영동읍까지 19번 신도로는 자동차 전용도로처럼 만들어져 오아시스 같은 주유소도 없고, 휴게소 등 쉴 곳이 없는, 따분하고 심신이 지친 상태서 걷기가 지루한 코스다.

13. 첫 번째 하루 휴식

4/12(토) 영동읍

인터넷이 되는 여관이라 PC방에 가지 않아서 좋았다. 메일도 확인하고, 메일도 쓰고 그동안 종단하면서 매일 기록했던 일지를 다시 한 번 정리하고, 내일부터 강행군할 생각에 충분한 휴식을 취했다.

아침 겸 점심을 먹고 미용실을 찾아 이발도 했다.

¤ 비용: 51,700원

14. 보고 싶었다, 친구야!

4/13(일) 영동읍~상주 모동면

전날 하루 충분한 휴식을 취하고 몸이 가벼운 상태에서 아침을 맞는다. 오른쪽 종아리가 조금 당기기는 하지만, 몸 상태는 좋은 것 같다.

오늘은 양말 바닥에 비누칠을 하고 비누를 칼로 갈아 가루 형태를 만들어 신발에 넣는다. 이렇게 하면 미끈미끈하여 걷기가 편하고 물집 예방에는 최고란다. 제발 효과가 있기를 마음속으로 기도한다.

오전 6시에 출발하여 4번 도로로 황간 까지 갔다. 이른 아침에다 일요일이라 차도 거의 없고 아침공기도 상쾌한 것이 기분까지 좋아진다.

9시경 노근리 사건이 있었던 현장에 도착했다. 노근리사건(老斤里事件)은 한국전쟁 중 조선인민군의 침공을 막고 있던 미국 1 기병사단 7 기병연대 예하 부대가, 충청북도 영동군 황간면 노근리의 경부선 철교에 접근하고 있던 한국인 피난민 중에 조선인민군이 섞여있다고 의심하여, 피난민을 철교 위에 모아 공군기로 기총사격을 가하고, 달아나는 사람은 쫓아가서 사살한 사건이다. 이 때문에 300여 명의 민간인이 피살되었다.

가해자들의 은폐로 오랫동안 덮여 있었지만, 1994년에 살아남은 주민이 저서를 출판하였고, 1999년 9월 9일 AP통신이 대대적으로 보도하면서 세상에 알려지게 되었다. 같은 해 10월 29일 주한미군이 현지조사를 실시하여, 2004년에는 사건 희생자의 명예를 회복하는 법안이 국회를 통과하였고, 이 사건은 반미감정을 높이는 원인 중 하나가 되었다. 이 사건이 일어났던 경부선 노근리 쌍굴다리는 2003년 6월 30일, 대한민국의 등록문화재 제 59호로 지정되었다.

이번 종단이 아니면 따로 와보기 힘든 장소 같다. 안내문을 읽고 총탄 자국이 있는 터널 입구를 사진으로 담고 방명록에 서명하고 경부고속도로와 나란히 황간으로 향했다.

10시경 황간에 도착하여 황간역 앞에 있는 태림식당에서 갈비탕을 먹었는데, 이 식당은 TV드라마 '포도밭으로 간 사나이' 출연진이 촬영중에 계속 식사를 했다는 식당으로 윤은혜, 이순재 씨 등 출연진의 사진과 사인들이 들어있는 액자가 있어 사진을 한 장 찍었다.

49번 도로에 들어서기 전에 김천에 사는 대학동창, 김경배 군에게 전화를 했다. 소식을 들어 내 얘기는 알고 있으며, 지나가면 한번 보려고 기다리고 있었단다. 내가 모동면으로 가고 있으니 근처까지 오면 전화하라고 하고 전화를 끊었다.

김경배 군은 태평양화학 김천공장에서 20년 근무 하다가 지난 12월 말에 명예퇴직하고 사내에 있는 협력업체 공장장으로 자리를 옮겨 새 일을 하고 있지만 경배도 회사를 나오면서 한동안 힘들었단다.

충청북도와 경상북도 경계인 수봉재 정상에서 경배를 만났다. 집사람인 보실씨도 같이 왔다. 맛있는 것 사 준다고 모동면으로 차를 타고 나와 등심을 사준다. 등심을 맛있게 먹고 그동안 지난 얘기를 좀 나누다가 다시 수봉재로 와서 사진을 한 장 찍고 끝까지 잘하라는 격려를 해주며 친구는 김천으로 돌아갔고 나는 다시 모동면으로 향했다.

보고 싶었다, 친구야!

점심을 먹었던 건물인, 모동면에서 유일한 민박인 '부산민박'에 들렀는데 근처에 일하시는 분들이 월세방으로 사용하여 빈방이 없었다. 그래서 하는 수 없이 안내실로 쓰이는 방을 5,000원 깎아 15,000원을 주고 묵기로 했다. 공동 샤워장에, 공동 화장실이다 '으~ㄱ' 전에 황안나 선생님이 묵었던 민박 같다. 계산은 민박집 며느리인 베트남 여자가 한다.

서로 바빠서 자주 못 만났던 친구인데 이번 종단을 통해서 만나니 좀 색다르고 기분이 좋았다. 나보다 몇 달 전에 같은 일을 당했던 경험이 있어 격려해 주는 말이 남달랐다.

그래도 태평양화학에 다녔다고, 옥이 주라고 화장품도 몇 가지 챙겨 준다. 챙겨 주는 마음씨가 고맙다. 내일 상주 가서 우체국 택배로 보내야겠다.

보실 씨가 올 여름에는 하루 날 잡아서 그동안 못 본 친구들 한번 보자고 한다. 꼭 그래야겠다.

> ¤ 걸은 곳: 영동읍(4번 도로)···▶ 노근리···▶ 황간(49번 도로)···▶ 수봉재···▶ 상주 모동면
> ¤ 걸은 거리: 약 28km   ¤ 소요 시간: 9시간 30분   ¤ 비용: 29,200원

Tip 물집 방지를 위한 비누 활용법

비누를 칼로 갈아 가루를 만들어 신발에 넣고, 양말 바닥 면에 비누를 많이 문질러 바르면 미끈미끈 해서 걷기에 편하고 물집방지에 최고다.

15. 옥이랑은 사내결혼

오늘은 오전 5시 20분에 출발했다. 아침에 출발하는 시간이 점점 더 빨라진다. 집에서 알면 걱정하겠지만, 5시 30분이면 벌써 동이 터 훤하여 걷기에는 불편이 없다. 안개가 바로 코앞도 안 보일 정도로 많이 낀 걸로 봐서 낮에 많이 덥겠다. 지금은 약간 쌀쌀하기까지 하다.

차가 많이 다니질 않아 다행이고 걷는 것이 마치 바닥 모를 심연의 바다 속으로 끝없이 빨려가는 것 같은 묘한 분위기였다. 안개비가 옷을 젖게 하지만, 걷는 기분은 매우 좋다.

7시 30분경에 애들 목소리가 듣고 싶어서 집으로 전화를 했다. 애들이 학교 갈 준비를 하고 아침을 먹을 시간이다. 윤정이, 현정이와 번갈아 가면서 통화하면서 일부러 내가 우는 듯한 목소리로 보고 싶다고 하니까, 애들도 이구동성으로 아빠가 보고 싶단다. 이것이 내가 살아가는 이유, 기쁨이기도 한데…… .옥이랑도 통화를 하고 전화를 끊었다.

옥이랑 결혼 한지도 벌써 18년째가 되어 간다. 옥이랑은 사내 결혼이다. 그때 당시 옥이는 사내 자료실에서 자료 관리 일을 담당했고 나는 그 사무실 건너편 생산관리팀에서 근무를 했는데, 책도 보고 빌리러 왔다 갔다 하면서 보니 단아한 여성의 모습으로 참으로 곱고-지금은 성격을 다 아는 데, 뭐라 말해야 하나, 하여간-미인이었다.

그래서 다리를 확 걸어 사귄 지 3년을 넘기고 91년 11월에 결혼을 하였다. 내가 결혼하고 싶은 사람은 물론 얼굴이야 내 마음에 들어야 하겠지만, 첫째 노래를 잘하는 여자였으면 했다. 내가 노래를 잘 못해 내가 다시 태어난다면 하나님이 노래를 잘하게, 음악을 좀 잘하게 해주셨으면 했다. 둘째로는 시골 출신의 사람이었으면 했다. 아이들에게 외할아버지, 외할머니가 시골에 사셨으면 했다. 첫 번째 조건은 조금 빗나간 것 같지만-대신, 처재들이 노래를 정말 잘한다- 두 번째 조건은 오케이다. 지금이야 사내 연애도 공개적으로도 많이 하는 편이지만, 그때는 워낙 철저히 비밀로 진행을 하는 때라 공장이 있던 안양시내에서는 데이트하기도 힘들었다. 지금 생각하면 그때 왜 그렇게 해야 했는지 모르겠다. 같은 생산관리부서에 근무하는 동기들은 알고 있었으나 옥이가 89년 봄에 교통사고가 나기 전까지는 비밀리에 잘 지켜지고 있었다.

89년 어느 봄날 저녁때, 옥이가 내가 하숙하는 곳으로 오려고 버스를 기다리는데 좌회전하는 1톤 트럭인가에 부딪혀 바닥에 쓰러진 것이다. 머리에 이상이 있을까 걱정 하면서 한 달간 입원을 하는 동안에 퇴근 후에 병원에 들러 병상을 지키다 보니 면회를 오는 회사 사람들에게도 자연스럽게 공개가 되었고, 그전에 인사만 드렸던 장모님 포함하여 처가 식구들에게도 널리 알리는 계기가 되었다. 옥이도 집이 충청남도 논산이라 안양에서 자취를 하고 있었다. 하여간 그렇게 세상에 공개가 되고 옥이가 퇴원하고 일을 좀 더 하다가 결혼 준비로 퇴사하고, 집에서 신부 수업을 하다가 결혼식을 올린 것이다.

낙서사거리에서 25번 도로로 상주로 가기 전, 사거리에 있는 유정 휴게소에서 컵라면을 하나 먹는데, 그 집 여사장님이 얼마 전에도, 부산이 집인 50대 넘으신 아저씨가 종단을 하면서 들러 묵을 곳을 찾길래 힘들고 안돼 보이기도 하여 아직 영업을 안 하는 식당 쪽에 빈방이 있어 허락을 했으나, 마음 한곳에는 좀 찜찜했단다. 요즈음은 세상이 하도 어수선하니 혹시 자살 또는 다른 일은 저지르지나 않을까 하는 생각에, 사장님의 솔직한 말씀이 이해가 갔다. 예전에는 이런 여행을 하면 인심이 좋아 서로 많이 베풀어 주곤 했는데 요즈음은 그런 것이 많이 없어지고 여행을 하는 사람도 그런 기대를 하지 않는 것이 좋을 것 같다. 나도 이번 종단을 하면서 가능하면 민폐를 끼치지 않겠다고 생각을 하고 출발했다.

9시 30분이 돼서 안개가 걷히자 햇살이 따갑게 느껴진다. 상주까지는 차량 통행이 많고 갓길이 거의 없어 걷기에는 고약한 길이다. 오후 2시가 다 되어 버스터미널 근처에 도착하여 우체국을 찾아 어제 친구가 준 화장품과 우산 그리고 집에서 가지고 온 세면도구 등 필요 없는 것을 소포로 보내고, 국민연금공단과 건강보험공단에 전화를 걸어 국민 연금은 납부 유예 신청을 하고 건강 보험은 지역가입자로 전환되면 한 달에 내는 돈이 얼마 정도 되는지 확인을 했다. 방을 구하고 14일

째를 마무리한다.

　문경을 거쳐 문경새재, 수안보 미륵사지를 3일 안에 갈까, 아님 이틀에 갈까 고민이 된다. 이틀에 가려면 하루에 35km정도 걸어야 하는데…… 고민 좀 해야겠다.

¤ 걸은 곳: 상주 모동면(49번도로)…▶ 삼포 사거리(901번 도로)…▶ 낙서 사거리(25번 도로)…▶ 상주 시내
¤ 걸은 거리: 약 26km　¤ 소요 시간: 8시간　¤ 비용: 47,100원

Tip
급격하게 좌측으로 휘는 도로에서 마주 오는 차를 보고 걸을 때는 앞쪽에서 내려오는 차들이 앞에 사람이 오는 것이 안 보이니, 특별히 조심해야 한다.

16. 내가 사서 왜 이 고생이지?

4/15(화) 상주 시내~문경읍 남호 2리

오늘은 갈 길이 멀다 문경읍까지 가보기로 하고 24시 김밥 집에서 김밥을 한 줄 먹고 5시에 출발했다. 45km이상 걸어야 하는 날이다. 몸은 어제와 마찬가지로 가볍다. 하지만 오래 걸으면 신체적으로 무리가 되므로 최대한 걸을 생각이다.

3번 신도로는 아침 일찍부터 차가 많다. 특히 덤프트럭 등 대형 트럭이 많아서 정신을 바짝 차리고 걷는다. 무주에서 영동읍까지의 도로처럼 걷기가 불편한 도로이다. 함창을 지나 문경에 들어서니 잘 가고 있던 3번 도로가 갑자기 자동차 전용도로 바뀌었다.

할 수 없이 대조교차로에서 문경시내로 들어서서 문경읍 쪽으로 향

한다. 점심을 먹으러 양지반점(054-555-9141)에 들러 자장면 곱빼기
를 먹고 나오려는데 아주머니가 오미자 원액이라며 피로에 좋다고 선
물로 준다. 그리고 3번 구도로 가는 지름길도 알려 주신다. 고마우신
아주머니.

TV에서 보았던, 철길 자전거 레일에 가족과 연인들이 힘차게 발 구름을 하면서 몇대가
지나간다. 더 없이 한가롭고 행복한 사람들의 미소가 나를 한참을 서 있게 한다.

오늘은 종단을 시작하고 제일 더운 날 같다. 언덕을 오르고 내리는 길에 땀방울이 송송 맺힌다. 불정동 휴게소에서부터 진남 휴게소까지의 3번 구도로는 차량도 없고, 옆에 흐르는 큰 하천이 한낮 더위도 시원하게 해주는 것 같다. 보수 중인 불정역을 지나니 TV에서 보았던 철길 자전거 레일에 가족과 연인들이 힘차게 발 구름을 하면서 몇 대가 지나간다. 더 없이 한가롭고 행복한 사람들의 미소가 나를 한참을 서 있게 한다. 진남 휴게소 까지는 이렇게 한가롭고, 편안한 길이다.

한가히 길을 걷다 보니 이런 생각이 든다. 도보여행 경비도 한 달 생활비의 반 정도에 해당 되는 돈인데, 혹시 옥이가 속으로 반대하지 않았을까. 구직 활동은 하지 않으면서……. 이런 생각에 마음이 슬퍼졌지만, 아니야, 이건 아니야, 사실 지난 20여 년간 만도라는 든든한 울타리 내에서 큰 어려움 없이 잘 지내 왔는데……. 온실 속의 화초처럼 이번 기회에 한 달 정도이지만 지나온 날들, 앞으로의 날들에 관해서 다시금 생각해 보는 기회가 될 것이라는 생각에, 그래 잘했어 하고 나를 격려하면서 발걸음을 또 옮긴다.

진남 휴게소에서 구 길이 없어져 901번 연결지역인 마성 파출소까지 신도로로 갔다. 901번 도로로 들어서 남호 2리 버스 정류장까지 갔는데 오늘의 목적지 문경 온천까지는 아직도 3~4km 남았단다. 시간은 벌써 저녁 6시. 이 걸음으로 가면 7시는 될 것 같다. 그러면 시간이 늦어 온천욕도 못할 것 같고, 13시간째 걸어 몸도 무겁고. 또 내일 문경 새재를 넘어 수안보까지 가려면 오늘은 여기까지 걷는 게 좋을 것 같아 마침 오는 버스를 타고 문경 온천에 도착했다.

문경온천은 지하 900m 화강암층과 석회암층 사이에서 분출한 칼슘 중탄산천과 지하 750m 화강암층에서 분출한 알칼리성 온천수를 공급하여, 한 번의 입장으로 2가지 온천을 즐길 수 있는 전국 유일의 복합 보양온천이다. 특히 황토색 빛깔을 띠고 있는 칼슘 중탄산천은 만성질환 류머티스, 만성피부염, 알레르기성피부염, 심장병 치료에 효능이 있고 또한 알칼리성 온천은 만성질환, 상처회복, 호흡작용 촉진효과, 병후 회복기 등에 효능이 있다고 알려져 있다.

온천욕으로 지친 몸을 풀어주고 저녁을 먹고 숙소를 찾았는데, 운 좋게 인터넷이 되면서 5,000원 깎아 25,000원에 지불하니 뭔가 덤으로 얻은 것 같아 오늘 막판에 기분까지 좋아진다.

오늘은 종단을 시작한 이후로 하루에 걸은 거리가 41km로 제일 많았고 장장 13시간 동안 길 위에 있었는데도, 몸이 지쳐 좀 피곤하지만 지난주처럼 그렇게 힘들지는 않다. 몸도 어느 정도 익숙해 지나보다. 참으로 신비한 신체의 비밀인 것 같다.

> ¤ 걸은 곳: 상주시내(3번 도로)···→ 함창···→ 문경 대조교차로(3번 구 도로)···→
> 문경시내(운동장 경유)···→ 불정 휴게소···→ 진남 휴게소(3번 신 도로)···→ 마성 파출소
> (901번 도로)···→ 문경읍 남호 2리(버스 정류장)
> ¤ 걸은 거리: 약 41km   ¤ 소요 시간: 13시간   ¤ 비용: 43,000원

Tip 걷기 좋은 길

문경 불정휴게소부터 진남 휴게소까지 3번 구 도로는 4~5km 정도로, 철길자전거 레일과 옆에 흐르는 하천과 같이 걸을 수 있는 편안하고 걷기 좋은 길이다.

17. 내 고향은 충주

4/16(수) 문경읍 남호 2리~월악산 송계계곡(덕주골)

어제 아쉽게 못 걸은 3~4km의 길을, 오늘 아침에 택시를 타고 다시 가서 문경온천까지 와보니 2.5km가 조금 안 된다. 어제 그냥 왔으면 하는 아쉬움도 있지만, 어제의 몸 상태로는 잘 한 것 같다. 남호 2리에서 5시 10분경 문경새재를 향해 출발했다.

백두대간(白頭大幹)의 조령산(鳥嶺山) 마루인 문경새재(聞慶鳥嶺)는 예로부터 한강과 낙동강유역을 잇는 영남대로 상의 가장 높고 험한 고개로 사회 문화 경제의 유통과 국방상의 요충지였다. 새재(鳥嶺)는 "새도 날아서 넘기 힘든 고개", 옛 문헌에 초점(草岾)이라고도 하여 "풀(억새)이 우거진 고개" 또는 하늘재, 麻骨嶺)와 이우리재(伊火峴) 사이의 "새(사이)

재", 새(新)로 된 고개의 "새(新)재" 등의 뜻이라고도 한다. 임진왜란 뒤에 이곳에 3개(주흘관, 조곡관, 조령관)의 관문(사적 제147호)을 설치하여 국방의 요새로 삼았다. 이곳은 자연경관이 빼어나고 유서 깊은 유적과 설화·민요 등으로 이름 높은 곳이다. 이곳에는 나그네의 숙소인 원 터, 신구 경상도관찰사가 관인을 주고받았다는 교귀정 터만 남아있던 것을 1999년 중창하였고, 옛날에 산불을 막기 위하여 세워진 한글 표석 "산불됴심"비(지방문화재자료 제226호)가 남아있다. 그리고 역사에 얽힌 갖가지 전설을 비롯하여 임진왜란과 신립(申砬) 장군, 동학(東學)과 의병(義兵)이 남긴 사담(史談)이 골골이 서리어 있는 역사의 현장이다.

이 일대를 1974년 지방기념물(제18호), 1981년 도립공원으로 지정, 보호하고 있어 전국에서 관람객이 많이 찾고 있는 곳이다. 또한 문경새재가 위치한 주흘산, 조령산의 다양하고 아름다운 식생 경관과 옛길 주변의 계곡과 폭포, 수림터널 등 자연경관이 아름다워 경관 가치가 뛰어나며, 문경시의 '옛길 걷기 체험', '과거길 재현' 등 옛길과 관련한 다양한 체험 행사가 매년 개최되고 있어 현대인들이 조선시대 옛길 문화 및 선비 문화를 향유할 수 있는 훌륭한 옛길 자원이다.

문경읍을 지나 문경새재로 들어서 걷고 있는데 매표소 앞에서는 대왕세종의 촬영 팀이 엑스트라에게 할 일을 지시하고, 출연 배우들은 분장을 하느라 바쁘게 움직인다. 주연 배우들을 한번 보려고 이리 저리 기웃거렸으나 보이질 않아 그냥 발길을 돌렸다.

드디어 문경새재 제1관문(주흘관)부터 걷는데 시간의 흐름을 잊게 하는 정말 환상적인 산길이다. 그 동안 지겹게 듣고 보아왔던 차들이 지나가는 소리는 계곡의 물소리와 이름 모를 새들의 지저귐으로 대신 한다. 이렇게 흠뻑 취해서는 오늘 목표한 곳까지 반도 못 갈 것 같다.

제3관문인 조령관을 1.5km정도 남겨둔 지점에서, 함창에 산다는 혼자 오신 아저씨와 이 얘기 저 얘기 하면서 걸으니 오르막길도 순식간에 지나간다. 조령관에서 사진을 몇 장 찍어 주시고 헤어졌다.

조령관 통과로 경상북도에서 다시 충청북도로 방향이 바뀐다. 고사리를 지나니 이제부터는 충주시 수안보면이란다.

충주, 충주는 내 고향이다. 충주는 태어난 곳이고, 중3때 집이 서울로 이사를 오기 전까지 어린 시절을 보낸 곳이다. 지금은 이모님 등 몇 분의 친척 분들이 계시지만, 근래에 내려 가본 일은 거의 없었다. 초등학교 개구쟁이 시절, 중학교 2학년 때까지 같이 보냈던 일들이 파노라마처럼 머리를 스친다.

중학교 때 친했던 친구들도 다들 서울로 이사 왔고, 몇 분 안 계신 친척들도 요즘은 왕래가 없으니 일 삼아 충주를 찾을 일이 거의 없다. 현실적으로 마음속에만 있는 고향이 되어버린 것이다.

몇 년 전에 휴가를 하루 내고 옥이와 일부러 충주에 갔다 온 적이 있다. 호기심에 초등학교 생활기록부도 한번 떼어 보았다. 초등학교 때 성격, 행동발달 상황이 어떻게 적혀 있는지, 지금의 나를 엿볼 수 있는지 궁금해서 였다. 생활기록부를 떼어 보고 내가 태어난 곳(물론 터만 남아 있지만), 크고 자란 곳을 한번 쭉 둘러보니 감회가 새롭고 옥이도 남편의 어린 시절로의 여행을 재미있어 했다.

미륵사지를 얼마 남기지 않은 막판, 지릅재(해발 455m)가 몸도 힘든
데 숨을 더 헐떡이게 한다.
　　미륵사지를 지나 맘에 드는 민박이 없어 내친김에 4km정도를 더 내
려와 송계계곡 덕주골에 방을 정했다. 저녁을 먹는데 시원한 맥주가
생각나 한 병을 주문했다.

미륵사지 가는길
조령관 통과로 경상북도에서 다시 충청북도로 방향이 바뀐다. 고사리를 지나니 이제부
터는 충주시 수안보면이란다. 충주, 충주는 내 고향이다.

¤ 걸은 곳: 문경읍 남호2리(901번 도로)···▶ 문경읍···▶ 문경새재···▶ 조령 3관문···▶
월악산 미륵사지(597번 도로)···▶ 월악산 송계계곡(덕주골)

¤ 걸은 거리: 약 36km   ¤ 소요 시간: 11시간 20분   ¤ 비용: 40,400원

Tip 걷기 좋은 길

문경새재는(조령3관문까지) 차량이 통제되고, 걷는 사람이
시간의 흐름을 잊을 수 있게 하는 길(오르막이라 약간의
숨이 찬 것은 각오해야 함)이다.

18. 송계계곡에 얽힌 사연들

4/17(목) 월악산 송계계곡(덕주골)~제천 금성면 성내리

송계계곡을 따라 흐르는 물소리는 새벽 잠결에 마치 큰 비가 오는 듯한 느낌을 준다. 마치 야영이나 MT를 온 느낌이 드는 계곡의 새벽이다.

오늘 걷는 코스는 청풍대교까지 청풍호(요즈음 충주호냐 청풍호냐 호칭 문제 때문에 시끌시끌하다)를 감아 도는 멋진 풍경이 기대된다. 5시에 출발하여 걷는 계곡 길은 차도와 달리 좀 스산하고, 무서운 느낌마저 든다. 이른 새벽 계곡의 한기가 느껴지지 않는 것으로 봐서 오늘도 무척 더울 것 같다.

송계계곡은 나하고 인연이 좀 되는 곳이다. 오늘 지나는 것까지 하면

5번째 인 것 같다. 신입사원 때에 총각들끼리 놀러 다니는 모임 만들어 왔던 일, 몇 년 전에 처갓집 식구들하고 왔던 일, 결혼 전 사내연애로 안양시내에서 많은 데이트를 못 할 시절에 한 달에 한두 번 버스를 타고 교외 또는 멀리 산이나, 온천, 계곡 등을 다니곤 할 때, 아침 일찍 버스를 몇 번 갈아타고 송계계곡에 와서 하루 놀고 간 기억이 있다.

또한 대학친구 이용식 군이 와이프 될 사람하고 약혼하고 우리 커플이랑 같이 놀러 가자고 해서 수안보 온천에 왔다가 송계계곡에서 놀다간 생각이 난다.

그 당시 20여 년 전에는 차량의 소유가 지금처럼 흔하지 않아 어딜 가든 거의 대중 교통 수단을 이용해야 했다. 그러고도 잘 다녔는데, 지금은 사람들이 어디 조금 움직이더라도 차 아니면 안 되니 한 번쯤 진지하게 생각해 볼 문제다. TV를 보니 있던 차도 처분하고 천천히 느린 삶을 실천하는 사람도 있던 데, 참으로 대단한 사람들인 것 같다.

월악나루에서 36번 도로로 들어섰다 36번 도로는 가로수가 벚꽃나무로 심어져 있어 마침 활짝 핀 벚꽃 구경을 원 없이 하면서 걷는다. 차량통행도 생각처럼 많지 않은 내륙관광 도로로 걷기가 무난하다.

오늘은 장례 차량 행렬을 두 번이나 본다. 산다는 것, 죽는다는 것. 사람이 죽으면 다 흙으로 돌아가는데, 생각나는 것이 많다. 보통 회사에서도 상갓집 갈 일이 있어 가면 문상하고 돌아가신 분의 안타까움을 이야기하고, 인생의 덧없음을 이야기해도 곧 바로 바쁜 일상으로 돌아와 잊곤 하는데…… .

나에게는 아직 부모님, 장인, 장모님 다 살아계시니, 앞으로 좋은 일도 많겠지만, 아주 큰일도 남아 있다. 2년 전에 만일에 대비하고자 많은 사람들이 요즘 관심 갖고 있는 상조 보험을 2구좌를 들긴 했는데 부족한 것 같고, 걱정도 된다. 평생 고생 만 하신 분들이라 이렇게 좋은 세상에 건강하게 오래오래 사셨으면 하는 것이 우리 자식들의 바람이다.

청풍대교에서 바라보는, 크기를 가늠할 수 없는 호수가 사람의 마음을 후련하게 하고 잠시나마 현실의 어려움과 고통스러운 일들을 모두 잊게 해 주는 것 같다.

신현2리(2구) 삼거리 가나 휴게소에서 좌측으로, 도로 번호 없는 산길 도로로 들어서서 봉화재를 넘었다. 이 길이 청풍 가는 지름길이다.

사오정 아빠의 국토 종단기

버스 한대 다닐 만하게 포장 되어 있는 산길이다.

송계계곡→ 36번 도로→ 봉화재 산길→ 82번 도로로, 청풍까지는 도보여행의 맛을 제대로 느낄수 있는 아주 멋진 길이다.

게다가 오늘 비가 오려는지 구름이 햇살을 가리고 바람까지 부는 것이 걷기에 안성맞춤이다. 청풍까지 돌고 도는 오르막, 내리막길을 나무지팡이를 마련하여 걷는다. 훨씬 발에 무리가 덜 가서 걷기가 한결 가볍다. 거의 30km를 걸어 청풍에 도착하니 제 12회 청풍 벚꽃 축제 전야제로 작은 청풍이 사람들로, 관광버스로 난리다.

청풍대교에서 바라보는, 크기를 가늠할 수 없는 호수가 사람의 마음을 후련하게 하고 잠시나마 현실의 어려움과 고통스러운 일들을 모두 잊게 해 주는 것 같다. 적당한 숙소를 찾기 힘들어 금성면 초입까지 4km를 더 가서 있는 모텔에 들어가니 청풍축제로 방값을 5~6만 원 달란다. 사정을 얘기하고 최대한 힘든 표정으로 4만 원에 하기로 했다. 참나, 청풍 벚꽃 축제로 내가 피해를 보다니, 그래도 청풍까지 기분 좋게 잘 걸어 왔으니 이쯤하고 넘어가야겠다.

¤ 걸은 곳: 월악산 송계계곡(덕주골, 597번 도로)⋯ 월악나루
(36번 도로)⋯ 신현2리(2구) 삼거리(가나휴계소, 이름없는 산길
4Km)⋯ 봉화재⋯ 오티 삼거리(82번 도로)⋯ 청풍⋯ 제천 금성
면 성내리

¤ 걸은 거리: 약 34km

¤ 소요 시간: 10시간 30분

¤ 비용: 62,500원

Tip 1. 도보 여행의 진수를 맛 볼 수 있는 길

송계계곡⋯ 36번 도로⋯ 봉화재 산길⋯ 청풍까지의 82번 도로는
도보 여행의 진수를 맛 볼 수 있는 정말 아름다운 길이다.

2. 나무 지팡이를 준비 하자.

이제부터는 지역적으로 오르막과 내리막이 많은 지형이라
체중의 충격과 걷기에 지친몸에 도움이 많이 된다.

19. 25년 된 현대 포니 픽업을 만나다

4/18(금) 제천 금성면 성내리~영월군 주천면

새벽녘의 청풍호는 안개로 인하여 호수의 아름다움을 제대로 볼 수가 없고, 어제처럼 금성면 면소재지까지는 벚꽃 터널을 지나는 길이지만, 오르막, 내리막의 반복이다.

금성면에 도착하여 문을 연 식당에 들어가니 어제 해 놓은 밥 밖에 없다 하여 1,000원을 깎아 소머리국밥을 한 그릇 뚝딱 해 치우고 나오는데 주인 할머니가 가게에 있는 찐빵을 몇 개 비닐봉지에 넣어 준다. 9시 30분경 제천 영천동 우체국에 들러 어제 밤에 옥이와 윤정이, 현정이에게 쓴 편지를 부쳤다.

제천은 나의 본적지이기도 하다 - 청전동 411번지

어릴 적 초등학교 때 제천에 고모님 댁이 있어 기차를 타고 몇 번 왔다 갔다 한 기억이 있지만. 오늘의 이 거리는 많이 낯설다. 그도 그럴 것이 고등학교 이후에는 와본 적이 없으니 말이다.

제천 중심가를 지나 교동 주민 센터에 들러 휴식을 취하다가 센터에 근무하시는 분과 얘기를 나누었는데 자기도 한비야 씨의 국토 종단기를 읽어 보았고 언제 한번 해 보고 싶은데 용기가 나질 않는다면서 이번 종단에 관해서 이것저것 물어 보시어 답을 해주고 일어서는데 제천시를 소개하는 책자를 한 권 주신다. '배낭이 무거워 받기 싫은데, 어찌하랴 성의를 봐서 받아야지, 에구' 내일 회사 본사 후배들이 응원하러 평창에 온다는데 그 편에 집으로 보내야겠다.

교동 주민 센터를 나와 주천면으로 가는 82번 국도로 들어서는데 길가 가게 앞에 아주 오래된 현대의 포니 픽업이 한대 보인다. 주인아저씨가 열심히 광을 내고 계신데 이것도 천연기념물(?) 같아 양해를 구하고 사진을 한 장 찍는데 아저씨가 가게에 들러 물 한잔 하고 가란다. 알고 보니 25년 된 포니의 주인(본인이 사용은 7년째)인 김상기 씨는 나랑 같은 소띠 80학번으로, 무전여행 11년의 경력에 국토 순례단을 몇 번 진행했던 사람이란다. 군대 가는 것도 고향 강릉에서 논산까지 28일 만에 걸어서 입대를 했단다.

무작정 걷기보다, 왜, 무엇을 위하여 걷는다는, 철학이 있어야 한다는 걷기 고수의 말씀이 고개를 끄덕이게 한다. 나는 이번에 왜 걷지? 김상기 씨의 말씀이 끝이 없을 것 같아 중간에서 적당히 끊고 명함을 교환하고 가게를 나왔다.

무작정 걷기보다, 왜, 무엇을 위하여 걷는다는, 철학이 있어야 한다는 걷기 고수의
말씀이 고개를 끄덕이게 한다. 나는 이번에 왜 걷지?

오늘은 유난히 길 위에서 대화가 많았다. 시간이 많이 지체된 것 같
다. 2시경 제천시 송학면과 영월 주천면의 경계를 지났다. 이제 마지막
도인 강원도이다.

오늘 날씨가 너무 더워 지친다. 4시경 주천면에 도착하여 숙소를 정
하고 지친 몸을 뜨거운 물로 샤워하고 이번 국토 종단의 7부 능선 시점
에서, 몸의 기력을 보강하고자 삼겹살 값으로 한우를 먹을 수 있는 '다
하누촌'에서 저녁을 먹어 보기로 했다.

강원 영월군의 주천면, 한적한 시골마을 장터에 조성된 한우마을에
관광객의 발길이 끊이지 않아 눈길을 끌고 있다. 농민을 비롯해 프렌

차이즈 NH그룹과 영농 조합법인을 구성한 정육점, 식당 주인들이, 한우 사육농가에서 고기를 바로 사들여 직접 파는 것이 주천 섶다리마을 '다하누촌'인 것이다. 관광객이 몰리면서 정육점과 전문식당도 처음 6개에서 14개로 늘어나는 등 유명세를 톡톡히 보고 있다.

무엇보다 거세한 황소 한우 300g 8천원을 비롯해 암소 300g 1만4천원, 양념 소불고기 600g 1만원이라는, 일반 시중가보다 무려 4배가량 싼 가격이 놀라웠다.

이는 한우 유통과정에서 붙은 400%의 중간 마진을 없애 15%의 이익만 남기게 한 것으로 목장에서 도매상을 거쳐 식당으로 이어지는 통상 6단계의 과정을 줄이고 직거래로 판매하기 때문이며, 또 각 매장마다 도축검사 증명서, 축산물 등급 판정서 등 생산자를 표시하는 확인서도 내걸어 놓고 있다.

이 때문에 단체 관광객들이 주말이면 번호표를 받고 줄을 서야 할 정도로 많아 한미 FTA 이후 미국산 쇠고기 수입 논란 속에 시름에 잠긴 한우 시장과는 사뭇 다른 모습이다. 게다가 정육점에서 구입, '다하누촌'이라는 간판이 있는 인근 식당에 가서 기본 상차림 값 2,500원 만 내면 고기를 구워 먹을 수 있게 해 식당 주인은 물론 채소를 공급하는 농가들도 지역 내에서 제값을 받을 수 있어 일석이조의 효과를 보고 있다고 한다. 나도 고기를 사다가 숙소 근처 식당에 들어가 된장찌개와 함께 간만에 포식을 한 것 같다.

이번 국토 종단도 이제 종반을 향해 달려간다. 평창을 지나 오대산을 넘고 양양을 지나 동해안으로 들어서는 것이다. 오전에 제천 시내 지나는데 가게 이름이 '땅끝마을 회'라고 쓴 간판을 보니 18일 전에 출발했던 첫날이 생각났다. 마지막까지 다치지 않고 건강하게 잘 끝낼 수 있도록 다시 마음을 다진다. 희선아, 파이팅!

> ¤ 걸은 곳: 제천 금성면 성내리(82번 도로)··· 제천 시내··· 영월군 주천면
>
> ¤ 걸은 거리: 약 33km   ¤ 소요 시간: 11시간   ¤ 비용: 58,800원

Tip 주천면에서 한우 먹어 보기

강원도 영월 주천면은 삼겹살 값으로 한우를 먹을 수 있는 한우마을 "다하누촌"으로 유명하다. 종단의 7부 능선의 시점에서 몸의 체력을 북돋을 겸 먹어 보자.

20. 형님은 왜 그리 태연하슈?

4/19(토) 영월군 주천면~평창읍

오늘 목표는 평창읍까지이다. 25~26km예정이다. 좀 더 가고 싶지만, 오늘 회사 본사에서 같이 근무했던, 내가 좋아하는 후배들 김태섭 차장, 안동규 차장, 윤용주 과장이 응원하러 평창으로 온단다. 회사 생활할 때 서로에게 힘이 되어주고 서로 격려하면서 성과를 냈던 동료들이다.

그들을 만날 생각에 기분이 좋고 기대가 된다. 평창에 좀 일찍 도착하여 숙소를 정하고 PC방에 들어 며칠 정리 못한 것을 정리하고 그들을 만날 예정이다.

아침을 먹으려고 판운리에 도착하여 슈퍼에 물으니 마을회관에 가보란다. 민박을 하는 판운리 마을 회관에서 마을 다리 공사를 하는 사람들을 위하여 한밭식당을 운영하는 데, 들어가서 한 끼 부탁을 하니 정성스럽게 백반을 차려주셨다. 먹고 나서 값을 치르려고 하니 주인 할머니께서 한사코 거절하신다. 잠시 스치는 인연이지만 좋은 분들을 만날 때면 마음이 부자가 된 것 같다.

아침바람을 맞으며 평창강을 굽이굽이 돌아가며 걸어가니, 기분까지 상쾌해진다.
이번 종단의 가장 걷기 좋은 길 중의 하나인 여기에 서 있는 나는 행복하다.

판운리부터 82번 도로와 31번 도로가 만나는 마지사거리까지, 아침 바람을 맞으며 평창강을 굽이굽이 돌아가며 걸어가니 기분까지 상쾌해진다. 이번 종단의 가장 걷기 좋은 길 중의 하나인 여기에 서 있는 나는 행복하다.

평창에 도착하니 오후 1시가 안 되었다. 숙소를 정하고 숙소와 같이 운영하는 목욕탕을 무료로 이용하였는데 몸무게가 4kg나 줄었다. 뱃살도 2인치 정도는 준 것 같다. 이번 종단에서 확실하게 부수입을 챙긴 것 같다.

오늘 오는 후배들이 하는 얘기가 있다. 형님은 왜 그리 태연하냐고, 어찌 그리 여유가 있냐고 한마디씩 한다. 사실 속마음은 그렇지 않지만 겉으로는 그렇게 보이나 보다. 돌이켜보면 회사 생활은 언제나, 항상 미리미리 준비하고 최선을 다했던 것 같다. 출근도 본사에서 제일 먼저 했다. 6시 30분에 출근을 했으니 정규 출근 시간보다 2시간이나 일찍 나왔던 것이다.

그렇게 Early bird처럼 열정을 갖고 일했는데, 조직의 논리상 회사를 나가야 한다니. 지금 생각해도 어이가 없는 일인 것 같다. 평소에도 한 달이면 책을 한, 두 권씩 읽었다. 특히 성공학이나, 자기계발 관련 책을 보면 항상 나오는 얘기가 긍정적이고, 꿈을 크게 갖고, 원하는 모습을 늘 그리며, 실천하고 행하라는 것이다. 그런 내용들에 관해서는 전적으로 공감하고 늘 그런 마음을 갖으려고 노력 해왔던 것 같다.

안정적인 위치에서는 그런 이야기들이 공감이 되고, 이해도가 높았지만, 막상 회사에서 명예퇴직 같은 것을 당해도 그렇게 생각할 수 있을까? 정말 그렇게 할 수 있을까?

나는 직원들에게 그렇게 얘기했다. 내가 책만 안 읽었어도 지금 이 순간 슬퍼하고, 분노하고, 원망하고 실의에 차 있을 텐데, 그 동안 읽은 책 내용 때문에 어쩔 수 없이 긍정적이고, 희망을 얘기하고 꿈을 말할 수 있다고……. 농담으로 그랬지만 정말 그러고 싶었다. 지금의 내가 실패한 모습이 아니라 또 다른 나의 재기를 위하여 거치는 과정이라고, 당당하게 큰 꿈을 그리는 모습을 갖고 싶었고, 그렇게 되도록 나를 다독거리고 격려했다.

이번 종단도 그런 차원에서 힘들지만 도전을 했고 지금 생각하면 종단도 지금 이순간이 최적의 시기인 것 같다. 막상 해 보니 정말 힘들고 보통 어려운 일이 아니다. 그래서 이번 퇴직의 기회도 감사한 마음으로 받아들이는 그런 마음이 나에게 힘이 되는 것 같다.

오후 5시 30분경에 후배들이 숙소로 찾아왔다. 반갑게 포옹을 하고 맛있는 것을 사준다며 나가자고 했다.

삼겹살과 한우 살치살로 배를 채우고 그들은 소주, 나는 맥주를 한잔씩 했다. 그동안 힘든 하루하루, 한걸음 한걸음으로 20여 일 동안 걷느라고 고생했다고, 이렇게 실행하는 나의 모습이 부럽다고, 남은 기간도 건강하게 잘 끝내라고 좋은 얘기를 하면서 저녁을 했다.

나도 그들에 대한 답례로 행운이 있으라고 로또복권을 2게임씩 사주었다. 누구든 되면 세금 제하고 1/4씩 나누자고 — 나중에 알아보니 다 꽝이란다 — 했다.

숙소 앞에서 기념으로 사진을 한 장 찍고 그들과 서울을 향해서 출발하면서 나눈 악수에서 마음을 담은 따듯함이 전해 왔다. 와줘서 고맙다. 김 차장, 안 차장, 윤 과장.

¤ 걸은 곳: 영월군 주천면(82번 도로)···▶ 판운리···▶ 마지 삼거리(31번 도로)···▶ 평창읍

¤ 걸은 거리: 약 25km   ¤ 소요 시간: 7시간 30분   ¤ 비용: 51,500원

Tip걷기 좋은 길

평창 판운리부터 31번 도로를 만나는 마지삼거리까지, 굽이굽이 돌아가는 평창강을 따라 걷는 길은 예쁜 펜션도 많이 볼 수 있는 아주 멋있는 길이다.

21. 논산은 제2의 고향

4/20(일) 평창읍~평창군 진부면

　점점 북쪽으로 올라오니 새벽녘에 추운 것 같다. 평창의 아침이 쌀쌀하다. 손끝이 시릴 정도다. 평창읍에서 5km 정도 지나 만나는 뱃재는 직선으로 1km이상 오르막인 고개다. 오늘 초반에 진을 다 빼는 것 같다.

　10시 20분경 청심대로 가는 신리 삼거리 한마음 식당(033-334-0900)에 들어섰는데 할아버지 사장님이 대뜸 며칠 걸렸냐고 물으신다. 딱 보고 종단하는 사람인지 아신다. 얼마 전에도 50대 아저씨가 지나가셨단다. 김치찌개를 주문했는데 고기를 2인분 이상 넣어 주시고 밥도 2개나 주신다. 천천히 많이 먹으라고……

사장님은 어찌하여 여기서 장사를 하시는지, 옛날에는 수원에서 사업을 하셨다는 등 의 얘기를 들으면서 식사를 했다.

다음에 지나갈 때 꼭 한번 들르겠다고 말씀을 드리고 식당을 나와 모릿재를 향해 올라갔다.

모릿재를 넘어 청심대를 지나는데 큰 처제 남편인 양 서방이 전화를 했다, 형님, 어디쯤 가고 있는지? 언제쯤 끝나는지? 묻는다. 끝나고 논산에 내려와 거하게 축하 파티 한번 하자고 한다.

처가에서 옥이는 2남 4녀의 장녀로 처제가 3명이나 된다. 그 중 큰 처제, 막내 처제는 시집을 갔고, 둘째가 미혼이다. 큰 처제 신랑인 양 서방은 180cm에 100kg가 넘는 거구에 성격도 호탕하다. 칠갑농산의 논산, 부여, 공주 지역의 총판을 맡고 있다. 막내처제 신랑 김 서방은 건설업을 하는데 요즈음 사정이 좋지 않은 가 보다. 두 친구 다 결혼할 때 사고(?)를 먼저 치는 바람에 처음에는 장모님께 미운 털 박혀 고생 많이 했는데, 지금은 둘 다 논산에 살면서 처갓집에 너무들 잘하고 인정을 받고 있다.

오히려 나는 서울 샌님이라고 시골가면 일 같은 것은 손도 안 댄다. 맏사위는 아버지(장인) 벌이라고 대접만 받고 있어 미안할 따름이다.

양 서방은 처갓집 대소사를 다 챙기고 장인, 장모님께 너무 잘하고 있고, 막내 김 서방은 처갓집의 궂은일은 도맡아서 하고 이해심도 많고 무던한 성격이 막내 처제와는 잘 맞는 것 같다.

결혼 하고도 A/S 기간이라며 땅에서 나는 모든 것을 갖다가 먹었는데, 이번 퇴직으로 장모님이 걱정을 많이 하는데, 그 A/S 기간도 상당히 연장될 것 같다.

　나는 애들이 크면 옥이랑 논산으로 내려가 살 예정이다. 원래 고향은 아니지만, 처가가 있는 논산을 제2의 고향으로 삼아 식구들하고 오순 도순 가까운 지역에 살면서 생활하고 싶다.

¤ 걸은 곳: 평창읍(31번 도로)···▶ 대화면···▶ 신리 삼거리···▶ 모릿재(모릿재길)···▶ 마평 청심대(59번 도로)···▶ 진부면
¤ 걸은 거리: 약 36km　　¤ 소요 시간: 10시간 40분　　¤ 비용: 46,200원

Tip 경운기 추월하는 차 조심

　왕복 2차선 도로에서 뒤에서 경운기 소리가 나면 뒤를 주의해야 한다. 앞에 경운기가 갈 경우에 건너편 뒤에서 오는 차는 100%로 추월하는 데 추월할 때 내가 걷고 있는 차선으로 넘어 오기 때문에 위험하다.

22. 엄마! 오래 사세요

4/21(월) 평창군 진부면~홍천군 내면 명개리

오늘은 오대산을 넘는 날이다. 오대산은 백두대간이 대관령을 넘기 전에 곁가지 하나를 늘어뜨려 생겨난 차령산맥의 발원지가 되는 지점에 우뚝 선 산이다. 정상은 해발 1,563m의 비로봉이며, 왼쪽부터 호령봉, 비로봉, 상왕봉, 두로봉, 동대산 등의 다섯 봉우리가 병풍처럼 늘어서 있고, 동쪽으로는 오대산 주능선에서 따로 떨어져 나온 노인봉 아래로 천하절경의 소금강계곡이 흘러내린다. 오대산이라는 이름의 유래는 신라시대 자장율사가 당나라유학을 마치고 귀국하여 전국을 순례하던 중, 자신이 공부했던 중국 산시성의 청량산(일명 오대산)과 형세가 비슷하다 하여 오대산이라 불렀다고 한다.

개인적으로는 이번 종단의 하이라이트라고 생각한다. 오대산을 넘으면 곧바로 동해로 접어들기 때문에 종단을 마무리 하면서 넘는 의미 있는 코스인 것이다.

진부에서 오대산을 넘으려면 약 40km정도 예상해야 한다. 관리소 직원의 입산금지 통제로 9시 이전에 상원사를 넘으려면 그전에 약 20km를 걸어야 하기 때문에 서둘러 김밥 5줄과 우유 2개를 사서 새벽 3시 45분경에 출발했다.

어둠 속에서 오가는 차량도 없이 혼자 적막을 가르며 간다(집에서 알면 걱정 많이 하겠다). 병안 삼거리에서 오대산 관통 도로인 446번 도로로 접어들어 8시 50분경 예상대로 상원사에 도착했다. 관리소 직원이 출근을 안 한 것을 확인하고 바리케이드를 넘어 관리소가 안 보일 때까지 한걸음에 내 달린다.

월정사와 상원사를 지나다 보니 올해 부처님 오신 날에도 자식들의 안녕을 위해 연등을 다실 엄마 생각이 난다. 올해 연세가 77세로 허리가 좀 좋지 않으시지만 총기가 있으시고 건강하신 편이다.

아버지 때문에 엄마가 너무 고생을 많이 하셨다. 집안 식구들 모두들 마음고생, 몸 고생을 많이 했다. 아버지는 우리 어릴 때부터, 아주 오래 전부터 두 집 살림으로 엄마를 많이 힘들게 하신 것이다. TV드라마처럼 대개 그런 집은 문제가 많아 불협화음도 많다, 우리 집이 그랬다. 엄마 혼자 4남매 중 3명을 삯바느질로 대학을 보내고 시어머니를 모시며 참으로 오랫동안 고생을 많이 하셨다. 요즘 같으면 여자들이 이렇게 헌신하면서 살지 않는 세태인데, 옥에게도 이런 집안 문제로 신경 쓸 일을 많이 만들어줘 항상 미안하다.

최근에 아버지께서 서울 집에 와 계신다. '늙으면 조강지처에게로 돌아간다' 는 말이 있는데, 맞는 말 인가 보다. 작년 10월에 아버지가 식도암 초기로 서울에서 수술을 받으시고 그때부터 서울에 계신다. 우리들이야 아버지에게 특별한 감정이 없지만 엄마는 그래도 아버지께서 옆에 계신 것이 좋으신가 보다.

부부간에 연이라는 것이 무엇인지……. 참으로 생각나는 것이 많다.

상원사부터 북대사를 지나 두로령(해발 1,300m)까지 가는 7km정도는 한마디로 마의 코스다. 이미 20km 정도를 걸어온 몸에다 굽이굽이 돌고 돌아도 오르막길이다. 중간에 김밥과 우유를 먹기도 했지만 기력이 빠져 몸이 말을 잘 듣지 않는다. 걷다, 쉬기를 수없이 반복하며 두로령 정상을 지났다. 쉴 때는 걸을 때 났던 땀이 식으면서 부는 바람에 냉기가 느껴진다.

이번엔 내리막길이다. 명개리 까지는 10km정도를, 가도 가도 끝이 안 보이는 길인데 다행히도 경사가 급하지 않고 군데군데 낙엽이 쌓여 있는 흙 길이라 걷기가 수월하지만, 겨울에 온 눈이 아직도 쌓여 있는 곳이 많고 길 전체가 눈밭인 구간도 있다.

명개리 관리소에 거의 다 내려와 계곡물에 발을 담그니 몇 초를 못 버틸 정도로 물이 차다. 발이 얼어버릴 것 같다. 오늘 걷는 상원사부터 북대사를 지나 두로령을 지나 명개리 까지는 차도 없고, 사람도 없는 혼자 걷기 진수를 맛볼 수 있는 정말 멋진, 이번 국토 종단의 하이라이트 길이다.

관리소에 도착하니 직원이 어디서 오냐고 말을 건넨다. 나는 혹시나 하여 방어적으로 여차 저차 하여 종단 중이며 어쩔 수 없이 넘어 왔다

상원사부터 북대사를 지나 두로령을 지나 명개리 까지는 차도 없고, 사람도 없는, 혼자 걷기 진수를 맛볼 수 있는 정말 멋진, 이번 국토 종단의 하이라이트 길이다.

고 얘기를 하고 사진을 한 장 부탁하고 헤어진다.

명개리에는 민박밖에 없어 하는 수 없이 '들꽃민박'에 들렀더니 방값을 35,000원이나 달란다. 손님이 너무 가끔씩 와서 깎아 주기가 어렵단다. 하는 수 없이 저녁 값까지 40,000원을 주고 짐을 푼다.

근처 식당이 없으니 내일 아침에는 아침으로 주먹밥이라도 준비해 주신다는 말씀에 기분이 좀 풀린다.

오늘로서 21일 째다. 오대산을 넘었고 동해가 바로 코앞이다. 이번 주 주말이면 끝날 것 같다. 무리하지 말고 25km내외로 걸어야겠다.

옥이도 마지막 날 나를 만나는 시간이 기다려진단다.

　나도…….

Tip 1. 혼자 걷기 진수를 맛보는 길

상원사부터 북대사, 두로령 까지 오르막 7km, 구로령을 지나 명개리
내리막 10km정도는 차도 없고 사람도 없는, 혼자 걷기 진수를 맛볼
수 있는 정말 멋진 길이다. 이번 국토 종단의 하이라이트 길이다.

2. 상원사부터 명개리 까지는 먹을거리 구할 곳이 아무데도 없다. 상
원사를 지나기 전에 먹을 것을 잘 챙겨야 한다.

3. 오대산을 넘으려면 관리소 직원이 출근 전인 9시 이전에 상원사
를 넘어야 한다. 통제기간 일 경우에는 관리소 직원과 실랑이를 벌일
수 있다.

23. 정말 아쉽다, 6km는 걸어서 못 간다니

4/22(화) 홍천군 내면 명개리~양양군 서면 서림리

밤새 잠을 몇 번이나 깼다. 민박집에 어제 새로 들여온 강아지 한 마리가 밤새도록 쉬지 않고 깨갱거렸다. 민박집 아주머니가 어제 말씀대로 새벽인데도 준비해 주신 도시락을 받고 인사를 드리고 길을 나선다. 민박집을 나오자 만나는 구룡령 가는 길은 첫 걸음을 내딛는 순간부터 가파른 오르막이다. 솟은 봉우리마다 다 1,000m가 넘는 산들이니 넘어가는 길이 오죽하랴. 그래도 차량도 거의 다니지 않는 56번 도로를 전세라도 낸 양 즐거운 마음으로 걷는다.

한 시간 이상 걸어 6시가 넘어 길옆에 앉아 아침에 민박집 아주머니가 전해준 도시락을 열어보니 밥에다, 반찬은 마늘, 간장에 절인 고추뿐이다.

나뭇가지로 젓가락을 만들어 아무도 지나지 않는 길에서 도시락을 먹는데 목이 멘다. 지금 내 모습에 마음이 찡하다. 이것을 여행의 즐거움이라 해야 하나, 고행의 아픔이라 해야 하나……

나뭇가지로 젓가락을 만들어 아무도 지나지 않는 길에서 도시락을 먹는데 목이 메인다. 지금 내 모습에 마음이 찡하다. 이것을 여행의 즐거움이라 해야 하나, 고행의 아픔이라 해야 하나…

7시경 드디어 해발 1,013m인 구룡령 정상이다. 백두대간의 구룡령은 북으로는 설악산, 남으로는 오대산에 이어지는, 강원도를 영동(양양군)과 영서(홍천군)로 가르는 분수령이다. 구룡령은 일만 골짜기와 일천 봉우리가 일백 이십 여리, 구절양장의 고갯길을 이룬 곳으로, 마치 아홉 마리의 용이 서린 기상을 보인다는 곳에서 유래한 지명이라 한다.

이제 양양군 서면으로 들어섰다. 구룡령 정상부터 서림까지는 완만

한 내리막으로 백두대간을 굽이굽이 돌아가는, 걷기에는 멋있는 길이다. 백두대간의 준령들을 원 없이 구경하면서 내려갈 수 있다.

서림에 도착하니 오늘 걸은 거리가 26km 정도이다. 오늘은 여기까지다. 민박은 어제처럼 비싸기만 하고 맘에 안 들 것 같아, PC방도 들를 겸 양양읍 가는 버스를 탔다. 숙소를 정하고 어제 정리 못한 도보일지를 정리하고 사진을 USB로 옮기고 현정이와 친구들에게 소식을 전하며 사진 몇 장을 보냈다.

PC방에서 통일 전망대 홈페이지에 들어가 도보로 끝까지 갈 수 있나 알아보았더니, 민통선 검문소부터는 차량으로만 통행이 된다고 한다. 도보로는 갈 수가 없다고 하여, 직접 전화를 걸어 알아보려고 PC방을 나왔다.

통일 전망대 총무과장님의 말씀은, 민통선 검문소부터는 군부대에서 관리를 하는데 몇 년 전까지는 개인도 쉽게 국토 종단을 위해 통일 전망대까지 갈 수 있었단다. 그런데 사람들이 규칙을 잘 안 지키고 나무 가지도 꺾고, 지뢰가 많은 위험 지역이고 해서 안전사고 예방 차원에서─만약에 간다면 군인이 동행하는 것으로 알고 있는데, 맞는 얘기인지 모르겠다─안 된다고 한다.

그 이후에는 학생 단체 또는 국가 관련 단체의 경우에만 허락을 하고 있단다. 그리고 10일 정도의 시간을 갖고 공문을 통하여 통일 전망대 ─〉 관할 군부대의 허락을 받은 후에나 들어갈 수 있다고 한다.

나 같은 경우는 개인이라 기본적으로 불가하고, 공문서를 통하여 요청을 해서 검토를 하더라도 이번 주에 종단이 종료가 되면 시간적으로 어렵다고 말씀하신다. 이런 낭패가 있나. 정말 생각하지 못했던 변수다. 어떻게 하나? 어떻게 하지? 대통령 같은 좋은 해결사도 없고, 규정을 어길 수도 없고 정말 실망이고 낭패다.

아, 정말 어떻게 한다. 끝이 보이는데…….

총무과장님의 말씀은 통일 안보 교육원(출입 신고소)부터 민통선 검문소까지 4km정도는 더 걸어서 갈 수 있으니, 거기까지 간 다음에 6km는 가족의 차량 편으로 움직이라고…….

아, 정말 그렇게라도 해야 하나. 방법이 없으면 할 수 없지 않은가.

¤ 걸은 곳: 화천군 내면 명개리(56번 도로)⋯▸ 구룡령⋯▸ 갈천리⋯▸ 양양군 서면 서림리

¤ 걸은 거리: 약 26km   ¤ 소요 시간: 8시간 40분   ¤ 비용: 34,200원

Tip 백두대간을 돌고 도는 걷기 멋있는 길

명개리부터 서림리 까지는 구룡령(해발 1,013m)을 넘는 코스로 백두대간을 굽이굽이 돌아가는 걷기 멋있는 길이다. 특히 구룡령 정상부터 서림까지는 완만한 내리막으로 백두대간의 준령들을 원 없이 구경하면서 내려갈 수 있다.

24. 그동안 정말 많이 걸었다

4/23(수) 양양군 서면 서림리~속초시내(고속버스터미널)

  밤새 비가 왔나 보다. 5시 정도에 길을 나서는 것이 습관이 되어서 그런지 오늘은 어제까지 걸은 서림까지 8시 10분 첫 버스를 타고 가기로 했는데도 매일 일어나는 시간에 잠이 깼다. 비가 한바탕 오려는지 하늘에는 비구름이 잔뜩 낀 것이 날씨가 흐리다.

  가장 걷기 좋은 시간대인 5시부터 9시까지에 못 움직이는 것이 아쉽지만, 식구들이 오기로 한 일요일에 종료하려고 목표를 정했기 때문에 거리상으로 좀 여유가 있어 2만 원씩 주고 가는 택시를 안 타고 버스 첫차를 타기로 한 것이다.

  밤새 비를 맞은 백두대간의 산림들이 더욱 더 진한 녹색으로 나를 반긴다. 양양에서 첫 버스를 타고 8시 35분경에 어제 종료 지점인 서림에 도착하여 다시 양양으로 길을 떠나는데 비가 몇 방울씩 내리기 시작한다.

양양에 들어서기 전에 통일전망대 총무과장님과 다시 통화를 한 번 더 하였다. 어떻게 민통선 검문소부터 걸어서 갈수 있는 방법이 없겠냐고 물어 보았지만, 현실적으로 개인의 자격으로는 가능한 방법이 없다고 어제와 같은 말씀을 하신다. 그리고 검문소까지 걸어가고, 그 뒤로 차편으로 6km정도 통일 전망대까지 가도 지금까지 걸어온 국토 종단의 중요한 의미는 전혀 훼손되지 않는다며, 마지막까지 건강조심 하시고 잘 오시라는 말씀에, 그 말도 맞는 것 같다고 생각하며 통화를 끊었다. 그렇게 해야겠다.

양양을 지나 7번 도로로 접어드는데 정말 차량 통행이 많다. 이번 종단에서 지나온 도로 중에서 가장 차량이 많이 다니는 도로 같다. 동해안을 따라 도로이고 관광지가 많은 곳이라 그런지 정신없이 차가 지나간다. 그래도 7번 도로는 먹을 곳, 쉴 곳, 주유소 등이 참으로 많았다.

낙산 도립 공원을 지나는데 2006년 여름휴가 때 식구들하고 강릉과 설악산을 다녀 갈 때 자장면을 먹고 싶어서 들렀던 허름한 자장면집도 보인다. 그 해 즐겁게 보냈던 여름휴가가 생각난다.

설악해수욕장부터는 바로 길옆에 파란 바다가 한눈에 들어온다. 사람들에게 바다란 언제나 마음을 설레게 하는 곳인 것 같다. 특히 겨울 바다는 연인이 있다면 누구나 한번쯤은 가보고 싶어 하는 장소일 것이다.

바다를 따라 걷다 보니 지난 기간 동안 걸어온 날들이 파노라마처럼 스친다. 벌써 23일 째다. 걸은 거리로는 약 600km이상 되는 기나긴 길을 잘 견디고 잘 참고 걸어 온 것이다. 시작하고 며칠 만에 너무 힘들어 이 짓을 내가 왜 하나 하는 생각에 참으로 많이 힘들었는데, 가족과 친구, 동료들의 격려와 응원 속에 나 자신과 싸우면서 잘 해 온 것 같다.

지나온 마을, 읍, 도시마다의 모습들이 너무나 소중하여 마음속에 남아 있다. 어떤 날은 종일 상쾌한 기분으로, 어떤 날은 거의 기다시피 하여 목적지에 도착하기 위하여 너무 힘들어도, 마음으로 길 위에서 푸른 하늘과 이름 모를 산을 보면서 눈물을 삼키기도 했지만, 어느덧 10일이 지나고, 20일이 지나고 벌써 23일 째인 것이다. 옥이와 윤정이, 현정이가 너무나도 보고 싶다. 하루 이틀도 아니고 그 많은 시간을 떨어져 있었으니 참으로 너무나 많이 그립다.

오늘은 속초까지만 걷기로 했다. 속초 초입의 고속버스 터미널 근처에 숙소를 잡았는데 인터넷도 되면서 3만원에 하기로 하니, 괜히 무엇인가를 덤으로 얻은 것 같아 기분이 좋았다. 샤워를 하고 저녁 먹으러 가면서 바닥 깔창으로 사용하려고 구입한 생리대가 좀 남은 것이 있는데 이젠 발바닥이 어느 정도 안정이 되어 사용 할 일이 없을 것 같아 주인아주머니 드렸더니 고맙다고 받으신다.

참 웃기기도 하고, 재미있다. 남자가 사용하던 생리대가 남았다고 아줌마를 드리다니……

¤ 걸은 곳: 양양군 서면 서림리(56번 도로)⋯⋯ 양양읍(7번 도로)⋯⋯ 낙산사
⋯⋯ 대포항⋯⋯ 속초시내(고속버스 터미널)

¤ 걸은 거리: 약 27km   ¤ 소요 시간: 7시간 50분   ¤ 비용: 50,000원

25. 우리가족 첫 해외 나들이
-동경 2박 3일

4/24(목) 속초시내(고속버스터미널)~간성읍

숙소 앞 식당에서 순두부찌개로 아침을 하고 길을 나서는데 오늘은 유난히 등산복 입은 사람이 눈에 띈다. 혹시 나와 같은 종단을 하는 사람은 아닌가 하는 생각이 든다.

현정이가 오늘부터 중간고사라 시험 잘 보라고, 학교 가기 전에 통화를 하려고 전화를 했다. 아빠도 마지막 일정 건강하게 잘 하시라고 파이팅 해주며, 이번에 학교에서 여행을 주제로 한 작문 숙제가 있는데, 1월 달에 우리가족 일본 갔다 온 내용을 쓰겠다고 여행 자료 어디에 두셨냐고 물어 얘기 해 주었다.

그래 맞다. 우리 가족이 처음으로 해외여행을 1월 달에 갔다 왔지. 그때 참 재미

있고 좋았는데……. 만약에 올 여름으로 미루었으면, 내가 퇴직을 하는 등 또 사정 상 못 갔을 것이다. 갔다 오기를 너무 잘 한 것 같다.

원래는 작년부터 가족의 일본 여행을 계획했으나 사정이 여의치 않아 올해로 연기.하여 큰놈 윤정이가 고등학교에 가기 전에 꼭 한번 가봐야겠다고 생각하고 드디어 일정을 잡았다. 1월 25일부터 28일까지 동경과 하코네를 자유 여행으로 가기로 했다.

내가 일본어를 잘 못하기 때문에 처음에는 가이드가 있는 여행으로 알아보았으나 가격이 비싸 어쩔 수 없이 항공편과 호텔만 여행사를 통해서 계약을 하고 나머지는 자유여행으로 하기로 한 것이다.

가족을 인솔하고 처음 가는 해외여행이라 개인적으로 여간 부담이 되는 것이 아니었다. 동경 지하철도를 펼쳐놓고 우리가 가봐야 할 곳을 거의 외우다시피 하고 드디어 1월 25일 김포공항을 출발하여 비행기에 올랐다. 아이들 역시 처음 타는 비행기에 가슴이 두근두근하고 호기심에 가득 차 있었다.

첫날 하네다 공항에 내려 물어물어 지하철을 갈아타고 히비야 선 가미야초 역 근처의 묵을 호텔서 체크인을 하고 잠시 휴식을 취한 뒤 계획한 대로 가 보고자 시부야 부터 갔다.

첫 번째로 라면의 고장 후쿠오카에서 창업한 "이치란"의 새로운 스타일을 체험하였다. 도서실처럼 칸막이가 되어있는 테이블에서 오직 라면의 맛에만 집중할 수 있는 이색 공간으로 꾸며져 있었는데, 별도의 주문 용지로 자신의 기호에 맞게 맛을 조절할 수도 있었다. 일본의 전통 라면을 나와 현정이는 좀 느끼했지만 거의 다 먹었는데 옥이와 윤정이는 너무 느끼했던지 거의 다 남겼다고 한다.

이어서 20대 여성들이 선호하는 브랜드가 모여 있는 복합 쇼핑몰에 가자고 해서, 우리나라의 두타나, 밀리오레 같이 다양한 상품을 취급하는 쇼핑의 메카라고 알려진 쇼핑몰 '시부야109'에 들렀다. 윤정이의 눈이 반짝 반짝 빛나면서 옷들을 구경하다 자기가 잡지에서 보고 찜 했던 옷이라고 사달라고 졸라 어쩔 수없이 한 벌 사주고, 이케부크로로 자리를 옮겼다. 토요타가 운영하는 자동차 쇼룸인 '암력

스토쿄'도 둘러보고 게임 소프트 회사인 남코가 만든 '남코 난자타운'으로 가서 귀여운 고양이 캐릭터를 인상적으로 잘 꾸며놓은 가게도 들러보고, 일본 내에서 가장 많은 만두의 소비량을 자랑한다는 교자 전문 상가에 들어가 만두 맛도 보았다.

첫날의 마지막 코스로 '도쿄타워' 전망대에 올라가 동경 야경을 구경했다. 도쿄 타워 전망대 티켓을 끊고 전망대에 오르기 전 초등학생이 할인이 된다는 안내문을 보고 다시 매표소로 가 되지도 않는 일본어로 우리아이들이 초등학생이라고 우기면서 다시 할인된 표로 바꾸어 올라갔다. 어떻게 그런 용기가 났는지…….

둘째 날은 하코네 일주를 계획했다. 신주쿠에서 하코네 일주 왕복티켓을 끊어서 기차에 올랐다. 하코네유모토 역에 내려 등산열차, 케이블카를 타고 고운잔 역까지 가서 다시 로프웨이를 타고 도켄다이까지 갔다.

로프웨이에서 날씨만 좋으면 후지산도 보인다는데 그날은 눈보라가 날리는 좋지 않은 날씨 때문에 후지산은 아쉽게도 볼 수가 없었다. 로프웨이의 정상인 오오와쿠다니에 내려 유황 온천이 부글부글 끓어오르는 계곡을 구경하고 다시 로프웨이를 타고 토오겐다이까지 내려가는데 시야에 들어오는 풍경에 탄성이 절로 나온다.

아이들이 신기해하면서 참 많이 좋아했다. 여기서 유람선을 타고 호수를 가로질러 모토하코네에 도착하여 버스를 타고 다시 하코네모토 역에 도착하여 신주쿠로 돌아가는 특급 로망스 카를 타고 돌아왔다. 아이들이 저녁으로 삼겹살을 먹고 싶다고 하여 한참을 뒤지다가 교포가 운영하는 집에 들어가서 그 동안 입맛에 맞지 않는 음식으로 고생했던 식구들이 무척이나 맛있게 먹었다.

셋 째날, 마지막 날이다. 시간이 생각보다 빠르게 지나는 것 같았다. 우선 에도시대의 모습을 간직한 전통의 거리 '아사쿠사'로 갔다. 아사쿠사는 에도시대의 유흥 거리였던 곳이라 다채로운 상점들이 많다. 센소지 경내의 '나카미세' 거리는 장인들이 이어가는 일본 전통의 과자나, 기모노, 공예품 전문점들이 일렬로 늘어져 있어 장관을 이루었다. 동경 최고의 절로 알려진 '센소지'와 '우에노' 공원을 둘러보고 '오다이버'로 넘어갔다.

오다이버는 운전사 없이 컴퓨터로 운전되는 차세대 교통수단인 '유리카모메'라는 무인 열차를 타고 가는 데 소음이 거의 없는 것이 특징이란다. 특히 맨 앞의 좌석(보통 기차 운전하시는 분들이 앉는 자리)에 앉아서 보는 레인보우 브릿지 다리와 동경만의 풍경을 한 눈에 즐길 수 있어 좋았다.

오다이버 '카이힌고엔' 역에 내려 인공적으로 해변을 만들어 마치 정말 바닷가에 온 듯 착각하게 만드는 카이힌 공원을 구경하고, 마치 유럽의 거리에 온 듯한 화려하고 고풍스럽게 꾸며 놓은 '비너스포트'를 지나, 도요타 전시장인 'MegaWeb'에 들러 토요타의 신차 등을 정신없이 들러 보았다.

공항으로 이동하기 전에 시간이 조금 남아 World Trade Center 전망대에 올라 동경의 모습을 마지막으로 눈에 담고, 공항으로 가서 서울로 오는 비행기에 몸을 실었다. 집에 오는 마지막 전철을 타기 위해 뛰기를 여러 차례, 겨우 전철을 타고 집으로 돌아왔다.

처음 가는 해외여행이라 일본을 깊이 있게 보지 못했다. 아침 9시부터 저녁 9시경까지 강행군하며 여기저기를 많이 보기는 했어도 2박 3일 가지고는 절대 부족한 일정이었다.

수박 겉핥기 식 여행이었지만, 일본에 대해 우리가 가지고 있었던 막연한 모습에서 직접 보고, 느끼고, 다녀보는 일본이 아이들에게는 너무 즐겁고 재미있는 여행이었던 것 같다.

발에 물집이 잡힐 정도로 열심히 다녔는데도 아이들은 다음에 또 오고 싶단다. 이번 것이 계기가 되어 자주 아이들과 함께 같이 할 수 있는 기회를 더 만들어야겠다.

오늘 7번 도로에는 유난히 관광버스가 많이 보인다. 그것도 학생들을 실은 버스가. 요즘이 학교 수학여행 시즌인가 보다. 상행선, 하행선으로 10대~20대씩 한꺼번에 무리를 지어가는 모습이 볼만하다. 바람과 먼지를 일으켜 나에게는 좋지 않았지만.

오늘은 가진 항까지 걷기로 했는데, 좀 더 걸어 간성읍에 도착했다.

이제 내일 하루만 걸으면 통일전망대가 코앞인 대진항이다.

식구들이 일요일에나 올 수 있어 토요일에는 종단을 시작하고 두 번째 휴식을 취할 예정이다. 바다를 바라보면서 하루 종일……

¤ 걸은 곳: 속초시내(고속버스 터미널, 7번 도로)··▸ 고성 봉포리··▸ 송지호··▸ 간성읍

¤ 걸은 거리: 약 26km   ¤ 소요 시간: 8시간   ¤ 비용: 46,100원

26. 감사할 것들이 너무 많다

4/25(금) 간성읍~대진리(대진항)

간성읍에서 거진읍까지 가는 7번 도로는, 갓길이 거의 없고 출근 시간대라 그런지 차량 통행이 무척이나 많다. 그러나 오늘 나는 속으로 룰루랄라를 부른다. 기분 좋게, 몸도 가볍게, 활기차게 걷는다. 오늘은 대진 항까지 약 15~6km만 걸을 예정이다. 국토 종단도 이제 내일 종일 휴식을 취하는 것을 제외하면 하루 남았다.

언제 끝날 수 있을까? 걱정하면서 하루하루를 걸'어 왔는데……. 이번 종단에서 참 많은 것을 생각하고, 많은 것을 얻고, 많은 사람들을 만난 것 같다.

우선 감사할 것들이 너무 많다는 것을 깨달았다. 이번 종단을 무사히 할 수 있었던 것이 제일 감사하다. 자유를 찾고 싶다고 입버릇처럼 말해 왔는데 말이 씨가 되었는지, 명예퇴직 하는 이번 기회가 종단하는 절호의 찬스가 된 것이다. 실제 종단을 해 보니 더 나이 먹고 했으면 정신적으로, 육체적으로 너무 힘들었을 것이라는 생각이 들었다. 처음엔 명예퇴직 때문에 화나고, 분노하고 억울하다고 생각했는데 막상 그로 인해 내 평생 가장 힘들고 어려운 일을 할 수 있는 기회가 생겼으니 이제는 그것 또한 감사 하다는 생각이 든다.

가족의 사랑, 격려하는 마음도 이번에 더 진하게 느끼게 된 것도 감사하다. 아프지 말고 잘 하라는 큰딸 윤정이의 마음도, 기운 나게 고기 들어 있는 것 잘 챙겨 먹으라고 매일 이메일 보내주고 파이팅 해 준 막내딸 현정이의 마음도 고맙고, 사서 고생을 왜하냐 면서도 열심히 하는 당신의 모습이 자랑스럽다고 매일 밤 하루를 잘 마무리 하고 있는지 확인하는 것에서 서로에 대한 사랑이 더 진해진 옥이의 마음을 매일 받은 것도 감사하다.

그리고 마지막 날 나를 데리러 부천에서 통일 전망대까지 왔다 가느라고 새벽부터 밤늦게까지, 살면서 운전을 제일 많이 해 보았다는 희순이와 신랑인 유 서방 그리고 막내 여동생, 또한 끝나면 거하게 파티 한번 하자고 안부 물어 보고, 응원해 준 논산에 있는 큰 처제 신랑인 양서방과 처제들도 고맙다.

남자들이라 평소에 잔정 있게 말 해 주지 못하지만 어디쯤 가고 있는지, 별일은 없는지 매일 모니터링 해 준 친구 김진호 군, 상주 가는 길목으로 찾아와 격려해 준 김경배 군과 와이프 보실 씨 그리고 많은 친구들이, 종단 중간에 전화 한 통, 문자 한 줄로 격려해 주었던 우정도 새삼 감사하게 느꼈다. 또한 중간에 격려 방문해 주고 돌아가면서 전화해 주고, 메일로 힘을 실어 주었던 직장 동료인 홍영화 차장, 이형석 차장, 박혁수 과장, 김태섭 차장, 안동규 차장, 윤용주 과장 이외에도 이번에 같이 회사를 나온 동지(?)들과 멀리 해외공장에서 바쁘게 일하면서도 중간 중간에 안부를 물어보고 건강을 염려 해 주었던 김방웅 차장, 김평용 차장, 김광훈 차장, 김철웅 차장 등 한 사람, 한 사람의 마음이 너무나도 고맙고 감사하다.

종단 중에 만나서 많은 도움을 주셨던 이름 모를 분들의 따뜻한 마음도 감사하게 생각한다. 아침이나 점심을 무료로 챙겨 주셨던 성전면 주유소 할아버지 사장님, 무주군 의료원의 식당 아주머니들, 담양의 농원 사장님, 주천면 판운리 마을회관의 할머니, 거즈와 반창고를 아낌없이 주셨던 보건진료소 직원들, 오미자 원액을 챙겨 주시던 문경시 내의 중국집 사장님, 김치찌개도 많이 먹으라고 2인분 이상과, 밥도 두 그릇이나 챙겨 주시던 평창 신리 삼거리 식당의 사장님 등 성함도 모르는 너무 많은 분들의 마음을, 배려를 받았다.

그리고 이번 국토 종단에 임했던 열정과 도전하는 마음으로, 앞으로 어떤 일도 무엇이든지 해 낼 수 있다는 자신감을 얻었다. 또한 아무리 가까운 곳도 내가 주체가 되어 한 발자국이라도 내딛지 않으면 나갈 수 없고, 얻을 수 없다는 단순한 진리를 정말 뼈저리게 느꼈다. 즉, 아무리 좋은 것도 실행하고, 실천하지 않으면 결과를 만질 수 없고, 얻을 수 없다는 것을 참으로 소중한 교훈으로 얻었다.

대진 항에서는 주택까지 파고든 유흥업소의 실상을 실제 느낄 수 있는
단란주점 '파도나이트'를 보고 나도 모르게 웃음이 나온다.

앞으로 어떤 일을 하고 어떤 모습으로 살아가더라도 이번 국토종단
을 통해 얻은 많은 느낌과 깨달음은 앞으로 남은 나의 인생에 아주 명
확한 나침반이 되고 가르침이 될 것이다.

오늘 종착지인 대진 항에 거의 다 왔다. 지난번 나주에서는 국회의원
선거 플래카드를 보고 웃었는데 이번 대진 항에서는 주택까지 파고든
유흥업소의 실상을 실제 느낄 수 있는 단란주점 '파도나이트'를 보고
나도 모르게 웃음이 나온다.

대진 항에 도착 하여 숙소를 찾았는데, 여관은 하나 있는데 월세 방
으로 다 사용되어 빈방이 없었다. 하는 수 없이 여관을 찾기 전에 알아
본 '겨울바다' 라는 펜션에 다시 와서 5만 원을 주고 방을 잡았다. 인터

넷도 되는 곳이고 베란다에서 파도가 치는 백사장이 직선으로 30m도 되질 않는 경치가 아주 좋은 펜션이다. 내일 아침에 일출을 보기에는 더 없이 좋은 장소 같았다. 원래 평일에는 6만 원인데 혼자 왔다고 깎아 준 것이란다. 내일 토요일도 사용이 가능하냐고 물어 보니 내일은 8만 원 달란다. 참으로 너무 비싼 것 같다.

저녁은 무엇을 먹을까 하다가 마침 여기가 펜션이고 취사 장비가 다 있어, 내가 또 한 요리를 조금 하니까 직접 해 먹기로 했다. 상가 쪽으로 나가 햇반 4개, 일회용 미역국, 맥주 한 캔, 돼지불고기 양념 한 병, 삼겹살 한 근을 사 가지고 와 양념을 해서 버무리고, 햇반은 전자레인지에 데우고, 미역국을 끓여 한 상 차리니 그럴듯했다. 파도가 넘실거리는 바다를 바로 내려다보면서 맥주까지 한잔 곁들여 저녁을 먹으니 나름대로 환상적이었다. 기분 좋게 저녁을 맛있게 먹었다.

¤ 걸은 곳: 간성읍(7번 도로)···▶ 거진읍···▶ 대진리(대진항)

¤ 걸은 거리: 약 16km   ¤ 소요 시간: 4시간 30분   ¤ 비용: 74,300원

27. 두 번째 하루휴식

4/26(토) 대진항

하루 종일 바다를 바라보면서 지난 약 한달 동안 걸어 온 하루하루를 돌아보고, 다시 일
상으로 돌아갈 준비를 하였다. 이런 좋은 장소에 옥이도 같이 있었으면 하는 생각이 간
절했다.

새벽에 천둥 번개가 치고 비가 오던 날씨가, 9시쯤 되어서 맑게 갰다. 다행이다. 오늘은 국토 종단을 떠난 후 두 번째로 종일 휴식을 취하는 날이다. 걷는 속도를 생각하면 원래는 어제 정도에 끝낼 수 있었다. 그런데 옥이는 운전면허가 있지만 장롱 면허여서 운전을 못한다. 여동생 신랑인 유 서방이랑 함께 오기로 했는데 유 서방이 내일이 시간이 난단다. 그래서 종단 여행을 마무리하는 시점에서 하루 종일 휴식을 취하기로 한 것이다.

하루 종일 바다를 바라보면서 지난 약 한달 동안 걸어 온 하루하루를 돌아보고, 다시 일상으로 돌아갈 준비를 하였다. 이런 좋은 장소에 옥이도 같이 있었으면 하는 생각이 간절했다.

¤ 비용: 33,800원

28. 한 걸음 한 걸음으로
국토 종단의 막을 내리다

4/27(일) 대진리(대진항)~통일전망대

드디어 마지막 날 아침이다. 할 수 없을 것 같은 시작이었는데, 드디어 해 내고 이젠 마지막 구간으로 통일 전망대만 남은 것이다. 첫날 출발 할 때와 똑 같은 마음으로 신발 끈을 단단히 동여매고 길을 나선다.

대진 항에서 약 2km를 걸어 금강산 콘도를 지나니 바로 통일 안보 교육원(출입 신고소)이다. 교육원 입구에서 식구들을 기다리는데 예정보다 좀 늦는다. 10시 30분경 유서방과 옥이가 도착했는데, 큰 여동생, 막내 여동생까지 차에서 나온다. 나를 깜짝 놀라게 해 준다고, 오면서 통화할 때도 비밀로 했단다.

옥이와는 뜨거운 포옹을 하고 나머지 식구들하고는 반갑게 인사했다. '신고서' 작성을 하고 식구들은 차로 통일전망대로 출발하고 옥이는 나와 민통선 검문소까지 마지막 4km를 같이 걸어가기로 했다. 부산에서 온 휴학생 김만수 군이 함께 걸었다. 그는 통일전망대에 들른 다음 정동진에서 부산까지 내려갈 예정이었다.

드디어 12시경에 통일 전망대에 도착했다. 동료들이 만들어 준 '국토종단 도보여행 완주' 플래카드를 앞세워 자랑스럽고 당당하게 사진을 찍고, 전망대를 한번 둘러보고, 길고 긴 여정을 끝내고 돌아오는 차에 오른다. 지난번 음악도 잘 모르는 사람이 드럼을 배워 공연할 때 연주를 한 일, 이번에 2,000리 길을 걸어서 국토 종단한 일이, 아빠는 뭐든 도전하면 해 낼 수 있다는 것을 아이들에게 보여주고, 또한 그것을 아이들이 참으로 자랑스러워하고, 아빠를 존경하게 하는 것도 나에게는 더없이 소중한 가치를 부여하는 일인 것이다. 그런 것이 나에게는 제일 힘이 되는 것 같다.

이제 국토종단 도보 여행을 마쳤으니, 일상으로 돌아가 남편과 아빠로서의 책임을 다하는 모습을 보여 주도록 노력할 것이며, 곧바로 시간을 잡아 옥이와 함께, 내가 걸었던 코스를 따라 차량으로 한 바퀴 돌아볼 생각이다.

그 다음은 이번처럼 고행이 아닌 즐거운 여행으로 제주도 일주를 한번 도전해 보고, 기회가 된다면 우리나라 해안선 일주도 해 보고 싶고, 유럽의 산티아고 길도 가보고 싶고, 일본의 최남단 가고시마부터 동경까지도 도전해 볼 생각이다. 또 한 번의 꿈을 꿀 것이다.

27일 동안 자유를 찾아, 나를 찾아 떠난 여행이 끝났다. 가장 좋은,

27일 동안 자유를 찾아, 나를 찾아 떠난 여행이 끝났다. 가장 좋은, 훌륭한 대답을 다 찾았다고는 생각하지 않지만, 앞으로 내가 살아가는 동안에 소중한 길잡이로 나를 안내할 것이다.

훌륭한 대답을 다 찾았다고는 생각하지 않지만, 앞으로 내가 살아가는 동안에 소중한 길잡이로 나를 안내할 것이다.
　다 끝났다는 것에 조금은 허무하다는 생각이 들지만, 이내 곧 일상의 바쁨이 그 자리를 차지하게 될 것이다.

¤ 걸은 곳: 대진리(대진항)···▶ 통일안보 교육원(출입신고소)···▶ 민통선 검문소 ···▶ 통일 전망대

¤ 걸은 거리: 약 12km(민통선부터 통일전망대까지 6km 차량으로 이동 함)

¤ 소요 시간: 3시간 50분(식구들 도착 하는 시간 포함 함)　　 ¤ 비용: 26,000원

해남에서 통일전망대까지
도보여행 일지

Date	To~From
3월 31일	서울 ~ 해남 땅끝마을
4월 1일	해남 땅끝마을 ~ 해남 남창
4월 2일	해남 남창 ~ 강진읍
4월 3일	강진읍 ~ 월출산 경포대
4월 4일	월출산 경포대 ~ 영암 신북면
4월 5일	영암 신북면 ~ 광주 송정동
4월 6일	광주 송정동 ~ 담양읍
4월 7일	담양읍 ~ 순창군 인계면 성덕마을
4월 8일	순창군 인계면 성덕마을 ~ 임실읍
4월 9일	임실읍 ~ 진안읍
4월 10일	진안읍 ~ 무주군 적상면
4월 11일	무주군 적상면 ~ 영동읍
4월 12일	하루 휴식 (영동읍)
4월 13일	영동읍 ~ 상주 모동면
4월 14일	상주 모동면 ~ 상주 시내
4월 15일	상주 시내 ~ 문경읍 남호 2리
4월 16일	문경읍 남호 2리 ~ 월악산 송계계곡 (덕주골)
4월 17일	월악산 송계계곡 (덕주골) ~ 제천 금성면 성내리
4월 18일	제천 금성면 성내리 ~ 영월 주천면
4월 19일	영월 주천면 ~ 평창읍
4월 20일	평창읍 ~ 진부면
4월 21일	진부면 ~ 홍천군 내면 명개리
4월 22일	홍천군 내면 명개리 ~ 양양군 서면 서림리
4월 23일	양양군 서면 서림리 ~ 속초 시내 (고속버스터미널)
4월 24일	속초 시내 (고속버스터미널) ~ 간성읍
4월 25일	간성읍 ~ 대진리 (대진항)
4월 26일	하루 휴식 (대진항)
4월 27일	대진리 (대진항) ~ 통일전망대 (민통선 검문소에서 통일전망대까지 6km는 차량 이용 함)

Km	Time
0	0
25	7시간 30분
32	10시간
18	6시간 30분
22	7시간 30분
32	11시간
30	10시간
23	8시간 30분
30	9시간 10분
29	9시간 40분
33	11시간 20분
35	12시간 30분
0	0
28	9시간 30분
26	8시간
41	13시간
36	11시간 20분
34	10시간 30분
33	11시간
25	7시간 30분
36	10시간 40분
39	12시간
26	8시간
27	7시간 50분
26	8시간
16	4시간 30분
0	0
12	3시간 50분
	(가족 기다리는 시간 포함)

도보여행을 꿈꾸다

도보여행을 꿈꾸다

도보여행을 꿈꾸다